À Micheline D.

au cas où vos lectures
ne l'auraient pas fait
traverser ce chemin
jonché de papiers :

Gilbert et Cousin

x x

Les papiers de la terre

Le Ministère de la culture du Québec
et le Conseil des arts du Canada
ont aidé à la publication de cet ouvrage.

Illustration de couverture: YOLANDE FORTIN

Dépot légal - Bibliothèque nationale du Québec
Bibliothèque nationale du Canada
4ème trimestre de 1995

ISBN 2-920307-42-8

GILBERT DUPUIS

Les papiers de la terre

roman

ÉDITEQ

DU MÊME AUTEUR

VISITE AU GÉANT-DES-BOIS, conte pour enfants, ÉDITEQ, 1993

TOUCHEZ DU BOIS, chansons pour jeunes sur cassette, ÉDITEQ, 1993

LA MARCHEUSE, roman, ÉDITEQ, 1990

LES CHANTERIES DE JOJO, chansons-fiches d'animation pour jeunes, ÉDITEQ, 1989

LE BONHOMME, dramatique radiophonique, 1988

LES ÉTOILES DE LA NEIGETTE, conte pour enfants, ÉDITEQ, 1987

LA CHAMADE ÉLECTRIQUE, poèmes et collages de l'auteur, ÉDITEQ, 1984

LE CHEVAL DE L'ILE SAINT-BARNABÉ, conte pour enfants, ÉDITEQ, 1983

LA TÊTE DANS LE CRIN, monologues, poèmes et nouvelles, Passages, 1981

à mon frère et à tante Anita

1.

Il ne se souvenait plus de sa naissance. Presque plus de sa petite enfance. Il avait pourtant vu, revu des photographies. Non ressemblantes quand il le souhaitait. Plausibles quand il le voulait. Il aurait pu se rappeler des jeux sur la grève avec Marie-Claire, Claudette et Gérard. S'il avait voulu en retrouver le goût. L'eau avait dû saler leurs visages. Ou se rappeler des courses dans les champs de pissenlits. Des crocs-en-jambe à Gérard. Des tentatives d'embrasser Claudette, cette possible rousse qui d'un pas ou de quatre avait reculé. Il ne se rappelait plus avoir allongé Marie-Claire pour rien du tout dans les fougères. Ni d'avoir entrevu son grain de beauté secret. Ni de s'être empêtré dans ses bras et ses mots, ni de s'être distrait à couper des harts rouges. Rien en mémoire de sa grand-mère en tirant des tisanes pour qu'il ne manque pas l'école. Enfui le goût amer de la boisson rougeâtre imbuvable à moins de cassonade ajoutée par sa mère. Il avait endormi trop d'odeurs et de touchers. Au hasard, comme à la sauvette. Et pire, d'avoir grandi au bord de l'eau, avait bien failli lui échapper. De lourdes choses tombaient pourtant sur ceux qui s'éloignaient trop...

Des fumées blanches trouaient les toits vis-à-vis les cheminées et serpentaient jusqu'à des nuages immobiles tant le vent était essoufflé. Debout devant la porte-fenêtre, Raviluc contemplait l'Ile Saint-Barnabé.

- Bon, quoi manger? dit-il tout haut, à l'intention de Prunelle, tout sourire sur papier Kodacolor à la hauteur de ses yeux. Il composa un casse-croûte qu'il honora. Au mur fini liège devant lui, il avait épinglé des centaines de graffiti photographiés ou recopiés au hasard de ses déplacements. À qui s'enquérait des motifs d'une telle marotte, Raviluc répondait d'abord qu'il les ignorait, puis proposait parfois: - Peut-être que j'y trouve des pensées inédites pour mes cartes de Noël... peut-être ai-je trop lu Philomène dans les vieux journaux qui tapissaient les murs de la bécosse construite par le Bonhomme près de la maison de Sainte-Olivine! Il finissait par rire de ses bêtises avant que les autres ne le fassent, il esquivait les coups, il n'encaissait plus très bien...

Sur le tourne-disque, Érik Satie offrit "Désespoir agréable" puis "Croquis et agaceries d'un gros bonhomme en bois". Raviluc s'était allongé les jambes en V sur le divan mauve du vivoir et s'était abandonné aux rythmes tantôt doux, tantôt saccadés, mais souvent imprévisibles de l'excentrique compositeur. Le piano accompagna sa rêverie jusqu'au seuil de la nuit. Jusqu'au téléphone.

- Allô?

- C'est-i' Raviluc ça? s'enquit une voix rauque à l'autre bout.

- Oui... oui, fit-il dans un bâillement.

- C'est Memère... tu viens pas me voir ben ben souvent mon garçon... t'es ben comme ton père... maudite race!

- Memère, qu'est-ce qui..., savez-vous l'heure qu'il est?

- Non, je t'appelais pour le savoir, ricana-t-elle, ... pis pour que tu m'aides à vider une bouteille de Courvoisier.

- Je m'excuse Memère, mais j'peux pas aller... une autre fois, ça va?

- Bon bon mais oublie pas là, mon grand fanal...

12

faut absolument que j'te parle!

Tel un grand oiseau aveugle, un malaise tournoya dans sa poitrine jusqu'au sommeil...

2.

Raviluc mâchait sans relâche une gomme balloune. Les bulles qu'il soufflait visiblement ennuyaient le chauffeur de taxi qui accéléra pour se débarrasser au plus tôt de ce client nonchalamment affalé sur le siège arrière. Les yeux pleins de sommeil et d'ironie, le passager observait la parade des poteaux téléphoniques par le carré dégivré de la vitre. Tout autour, une neige légère flottait dans l'air cru, puis s'étalait sur la neige. Le soleil matinal de février lésinait sur sa lumière le long de la rue commerciale et le ciel économisait le bleu.

- Travailles-tu à l'aéroport? demanda le chauffeur sur un ton bougon.

- Je pense bien que oui!

Raviluc avait la tête d'un cousin de Dustin Hoffman. Qui aurait eu une cicatrice oblique à la joue gauche. Le chauffeur croisa son regard dans le rétroviseur. Les yeux bleus et l'air doux du voyageur ne lui firent pas oublier le bruit des bulles éclatées dans son dos.

- Ça fait-i' longtemps?

- Quarante-huit mois dans six mois!

- C'est quoi ton métier? soupira l'homme, en accélérant à un feu jaune.

Comme le siège arrière restait muet, le chauffeur

consulta de nouveau le rétroviseur et trouva un sourire sur le visage du passager.

- En as-tu un, un métier? triomphait déjà malicieusement le bourreau de travail, pensant en lui-même <<encore un autre crotté du Cegep qui se promène en avion avec mes impôts pendant que j'm'aplatis les fesses quinze heures sur vingt-quatre avec tout le temps les mêmes hosties de paysages dans le crâne>>.

La voiture arrondit un coin de rue, puis suivit une ligne blanche.

- Aéropointeur! souffla Raviluc, entre deux bulles.

Le jeune homme épia le visage rougeaud du chauffeur qui manipulait avec un soudain intérêt quelques boutons du tableau de bord; en toussotant, l'homme négocia le contour d'un terre-plein et stationna en face de l'aérogare. Raviluc lut le compteur et jeta un billet de cinq dollars sur un exemplaire du Journal de Québec.

- Gardez la monnaie! lança-t-il en ouvrant la portière. L'hiver entra dans le taxi qui repartit aussitôt vers son quotidien.

- Si ça continue crisse, j'vas me mettre à penser que la solution qu'i' ont trouvée pour baisser le chômage, c'est d'inventer des nouveaux noms de métiers! marmonna le chauffeur de taxi, empochant le pourboire.

Raviluc s'engouffra dans l'édifice. En haut d'un escalier, sur une porte vitrée, des grosses lettres vertes annonçaient la SOCIÉTÉ DE CONSERVATION DE LA GASPÉSIE. La musique des dactylos, des photocopieuses et des papiers froissés couvrait presque les grésillements de Musak dans les haut-parleurs. L'horloge du mur nord levait les aiguilles au ciel mais Raviluc, malgré son retard - dix heures dix, insistait l'horloge -, ne cherchait guère à sauver les apparences.

Il fit un clin d'oeil complice à la réceptionniste et gagna la petite pièce sans fenêtre qui tenait lieu de bureau. Des affiches prêchant la sécurité en forêt recouvraient les murs jaunis. Raviluc s'assit derrière son pupitre où des piles de notagrammes et de dépliants lui cachaient les jambes de Marguerite.

Il retrouva son agenda dans ce fouillis et lut à la date du 8 février - *obtenir imprimatur pour sainte table des matières.* Un dossier sous le bras, il sortit. Marguerite lui rendit son oeillade cette fois et Raviluc alla frapper sur le verre ondulé portant l'inscription "P. Mann, gérant". Un tiroir se ferma, une voix s'éclaircit et la porte s'ouvrit sur un grand bureau éclairé; un petit homme à lunettes trônait dans un coin.

- Alors, fit avec bonne humeur le gérant, on est allé coucher à Sainte-Olivine hier soir?

Raviluc ne sourit pas malgré l'interpellation enjouée de l'autre et prit place devant le bureau du gérant de la Société de conservation.

- Comment ça se sent un aéropointeur en hiver, mon Raviluc? continua l'homme, enflammant un bâtonnet d'amadou pour parfumer l'air.

- Comme un moniteur de ski en été Votre Honneur! fit-il avec un bon sourire pour faire passer son impertinence.

La flamme d'un briquet monta pour allumer la pipe de Pierrot Mann. Raviluc détourna les yeux. Le gérant enleva la pipe de sa bouche et attendit. Raviluc ouvrit le dossier du Manuel de lutte contre les feux de forêt et débita:

- J'ai besoin de votre accord pour le Manuel... pour l'entraînement des chefs d'équipe au printemps.

Le gérant se cantonna dans l'écoute derrière un écran de fumée hollandaise et d'encens aux fraises.

- Je pense qu'on a rien oublié... la pyrologie forestière, les techniques de lutte sur le terrain, le plan d'attaque, les lignes de suppression, l'outillage manuel, la machinerie lourde, les motopompes et puis l'utilisation des aéronefs... Raviluc soupira longuement et attendit la réaction. Le gérant prit l'expression de qui ne réfléchit pas pour le plaisir puis, déposa cérémonieusement sa pipe dans le cendrier.

- Vous expliquez les agents retardateurs et vous avez ma bénédiction!

Raviluc comprit que la conversation était close quand le gérant ouvrit le bottin téléphonique. Il regagna son petit bureau. Il était 11h00 et déjà la fatigue lui alourdissait les bras. Un léger mal de coeur lui traversa la poitrine. Il appliqua sur son visage une crème solaire pour se protéger du froid et alla retrouver l'air du fleuve à la sortie de l'édifice.

- Beau temps pour marcher, se dit-il, et il marcha comme il avait dit.

3.

Il suivit la promenade le long de l'eau. De boitiller légèrement ne retardait pas son allure. Des traînées de fleuve avaient résisté à l'emprise de la glace. Il s'amusait des vapeurs blanches de son haleine dans l'air frisquet. En ville, l'après-midi ensoleillait les grappes de jeunes filles devant les vitrines des magasins. Ici, on pouvait bien planter des enseignes au néon dans les rues commerciales, on avait beau laisser le fleuve à lui-même sur ses berges, Raviluc ne s'en offusquait guère.

Se sentait loin de ces choses. Dans cette ville-ci où il n'était pas né.

Il remonta la rue Saint-Louis et s'arrêta devant le mur ouest du Collège. Les étudiants qui attendaient toujours un autobus dans l'abri proche virent Raviluc tirer un appareil-photo de son manteau et enregistrer les inscriptions de peinture blanche sur la façade de briques. Quand il eut fini, il recula de deux pas sur le trottoir et lut pêle-mêle: "l'imagination en devoir", "où donc est Michaud?", "un homme, une bourse", "vive la papeterie, à bas la paperasse"... Il gagna le centre commercial La Grande Place. De puissants ventilateurs déplaçaient l'air humide dans la galerie des boutiques. Le jeune homme se déganta et fendit la foule jusqu'aux toilettes.

- J'espère que vous n'avez pas effacé les graffiti! souhaita Raviluc tout haut à l'intention du concierge.

L'employé jeta un coup d'oeil blasé vers Raviluc, reprit ses seaux et s'en alla se dandinant comme un canard. Raviluc poussa la porte, examina les murs et sourit d'aise. Il dégaina son appareil et clic "Je suis végétarien, je mange des graines", et clic, "Je m'appelle Andréa ou Andréi"...

Le soleil se cachait derrière le clocher de la cathédrale. Trois mille pieds et quatre étages plus loin, Raviluc déverrouilla la porte de son appartement. Avant d'entrer chez-lui. Par-dessus son épaule. Regarda. Deux fois.

4.

Des hommes surgissent d'une étable en tirant derrière eux un énorme porc qui grogne. À l'aide d'une corde passée autour de son cou, difficilement, on le traîne jusqu'à la porte de la grange arrachée de ses gonds et couchée sur la neige. La vieille femme qui entretient le feu sous un immense chaudron de fonte noire resserre à tout bout de champ le noeud de son fichu. Des cris partent de l'attroupement des curieux, quand le plus costaud des hommes réussit à déséquilibrer le cochon qui braille sa peur, étendu sur le côté droit. On attache les pattes de l'animal et le cercle se ferme.

- Êtes-vous prête là, madame Baptiste? lance un homme à la femme au fichu.

- Ça sera pas long, cher, répond la vieille passant et repassant un couteau de douze pouces sur une meule. Les enfants crachent sur le disque de pierre pour faciliter l'affûtage. Madame Baptiste essuie de temps à autre le couteau sur son tablier pour le débarrasser de la bave.

- Ça vient-i' m'man... on peut pus le tenir bonyeu... c'est pas un caniche de ville ça... i' est grouillant en bon-yenne c'te année! crie un homme maigre aux prises avec les pattes arrière du cochon.

- Pensez-vous qu'i' se doute de quelque chose monsieur Armand? questionne un adolescent aux gestes lents.

- Toé... à sa pla... ce... te... dou... te... rais-tu... de... quel... que... chose... l'inno... cent... à Noël... Pa...ri... sé...? réplique Armand, secoué par les mouvements de l'animal.

18

Madame Baptiste remet finalement le long couteau à un homme dont la tuque sans pompon lui cache les yeux. Elle-même s'empare d'un plat d'aluminium au quart rempli d'oignons hachés fin, et armée d'une cuillère de bois, va s'accroupir à la tête du porc. Celui-ci pleure de plus belle comme un bébé. L'homme à la tuque s'agenouille dans la neige, la main gauche sur la tête de l'animal et lui rase la poitrine à la hauteur approximative du coeur. Il s'assure du coin de l'oeil que les autres tiennent bon et que le récipient de la vieille est bien disposé sous la poitrine de la bête.

Une petite croix sur la peau rose et grasse et le sang pisse dans la neige, le couteau entre jusqu'au manche dans la chair qui hurle. Mécontente du débit du sang et de l'intensité des cris du porc, madame Baptiste lance aux hommes un verdict sans appel: - l' a le coeur à drette mon doux Seigneur... virons-le de bord chers! Vite dit, vite exécuté le rasage rituel et un long cri de mort affirme l'entrée du couteau dans le coeur de l'animal.

Pour l'empêcher de coaguler, la vieille femme brasse sans arrêt et mélange aux oignons le sang qui jaillit de la blessure. Des enfants ont fui vers la maison et d'autres ont reculé, tellement les secouent les gémissements presque humains de la bête. Et le chapelet de sang sur la neige. Chacun connaît son rôle dans la cérémonie. Bientôt, les hommes éprouvent moins de peine à contenir les secousses de l'animal, le sang coule plus maigrement dans le plat de la femme et le couteau cesse de fouiller la plaie du porc. L'animal n'a plus de souffle que pour geindre et le cercle des enfants se refait autour.

Pendant que la scène s'éloigne, des lettres apparaissent dans le ciel: "Nous tenons à remercier les familles Lelièvre, Dubé et Parisé de Grande-Rivière en

Gaspésie pour leur collaboration au tournage de ce documentaire. Office national du film du Canada, MCMLXI".

Raviluc éteignit le petit écran juste comme s'y imprimait le mot FIN. Il demeura immobile. En parallèle, un autre film avait tourné derrière son regard. Un paysage le tourmentait chaque fois qu'il se voulait vider l'esprit de certaines images de jadis. Un paysage de neige abondante sur la noirceur des forêts, des murs de ciel d'un bleu excédé par le beau temps qui durait durait, ce paysage où le dénuement ostentatoire appelait l'économie de paroles pour le dire. Tout au long du documentaire filmé, il le sait, s'il l'avait voulu, il aurait pu visiter tous les trous de mémoire qu'il avait délibérément creusés depuis ce malheureux paysage.

5.

"One two three testing! One two three testing!" faisait une jeune femme en isolant bien chaque syllabe pour le micro relié à un magnétophone. La journaliste appuya sur le bouton "Play" et la cassette joua à lui rendre ses syllabes une à une.

- À quel âge commence-t-on à patiner? fit-elle, avant de tendre le microphone à la monitrice endormie.

Celle-ci se malaxait les tempes en évitant de défaire le maquillage de ses grands yeux bruns. Un cinéphile lui aurait trouvé une parenté de regard avec Lesley Ann Warren à vingt-six ans. Avec grâce, elle remonta le col de son chandail et croisa les bras. Juste au-dessus du sein gauche, on avait brodé en bleu "Prunelle".

- ... entre quatre et huit ans..., répondit-elle.
- Est-ce un sport dangereux selon vous?
- Oh! le patinage est un sport très sécuritaire... la force d'une chute est en grande partie absorbée par... la glissade!
- Combien de temps faut-il à un enfant pour apprendre à patiner? demanda la journaliste, après un rapide coup d'oeil à ses notes.

Le regard de Prunelle suivait à l'autre bout de la patinoire une fillette et un garçonnet qui pratiquaient leur technique de poussée en vérifiant sur la glace les cicatrices laissées par leurs lames.

- Ça dépend de ses aptitudes, de son entraînement et de son désir de patiner... combien de temps faut-il pour apprendre le piano?
- Est-ce bien nécessaire de prendre des cours pour patiner?
- Pour aller au bout de ses possibilités, un patineur doit avoir un instructeur qualifié et surtout dévoué à son progrès... nous sommes ensemble tous les jours de la semaine pendant la moitié de l'année... des liens se créent vous savez... voyez mes filles sur la glace à sept heures du matin qui s'essoufflent à pivoter et à freiner en chasse-neige... même si elles adorent patiner, elles aimeraient mieux dormir bien au chaud comme leurs petites copines... moi j'admire leur détermination... j'aime les encourager, les soutenir lors des compétitions... et c'est mon avis que cette complicité amicale de l'instructeur vaut autant que l'enseignement technique...
- Merci bien, conclut l'intervieweuse transie, c'est assez pour mon trente secondes... ça va passer demain vers 18 h 30 à CJBR... bonjour là!

Une fois l'autre partie, Prunelle ajusta ses protecteurs à lames et descendit vers la patinoire. L'air du Colisée était plutôt froid à cette heure matinale et les enfants avaient gardé leur survêtement. Des rires fusaient lorsqu'une chute spectaculaire ponctuait l'effort du patineur impatient qui, souhaitant sauter des étapes, s'essayait à des figures plus complexes. Des fillettes entourèrent Prunelle, lui racontant la réussite d'une arabesque, et des problèmes de patins trop petits, et la dernière mésentente familiale...

La monitrice siffla les garçons et s'adressa à chacun de ses élèves avec la même attention. Elle parlait lentement, ils écoutaient pour ne rien perdre, tous animés de la complicité des lève-tôt, comparable à celle des couche-tard... Bientôt, à la file indienne, le long des clôtures, ils répétèrent l'exercice de la godille sous les regards mi-clos de Prunelle tournoyant au ralenti sur elle-même dans le cercle rouge au centre de la patinoire pour suivre mieux les mouvements de la compagnie. Elle aimait ces moments-là.

Des parents arrivèrent dans les estrades. Observant leur rejeton, un oeil sur leur montre, ils se rapprochaient peu à peu de la glace. C'était bientôt l'heure de délacer les patins et de retrouver l'école. Prunelle salua joyeusement tout le monde et quitta pour rentrer dormir.

Dehors, un bel hiver occupait toute la place. Une douce langueur voulut l'envahir. Prunelle la laissa faire. La jeune femme fuyait volontiers l'introspection. Elle s'abstenait de prêter l'oreille à ses monologues intérieurs... par discrétion. Un désarroi qu'elle disait fonctionnel l'habitait depuis toujours: il faisait partie de son mystère et de sa personnalité. Elle avait des rêves: c'est ce qui comptait pour elle. Et pour Raviluc. Pour des motifs différents. Qu'ils n'avaient pas senti le besoin de comparer. Jusqu'ici.

6.

- Allô... oui, oui, c'est moi Raviluc! fit-il.

- As-tu couru derrière une taure pour être oppressé de même mon gars? suggéra la voix éraillée sur un ton ironique.

- Ah! j'arrive de l'ouvrage... c'est vous Memère... je suis content de vous parler!

- Oui, c'est moé, fit l'aïeule, pis fais-moé pas rire avec tes joies de crocodile... ça fait trois semaines que je t'ai invité... pas encore vu la fraise du garçon à Ferdinand... mais là mon gars, j'ai à te parler sérieusement... je t'attends... t'as pas oublié mon adresse toujours?

- Bon si c'est si important, je vais passer dans la soirée... ça vous va?

Au milieu de toussotements sans fin, Memère avait raccroché. Raviluc, moitié par curiosité moitié par mauvaise conscience, se promit de faire un saut jusque chez sa grand-mère. Six ou dix mois qu'il ne l'avait vue. Il sourit aux manières cavalières de la vieille dame. Et songeur, se demanda ce qui pouvait tant urger.

Au centre-ville, l'effet du vent faisait mentir les thermomètres dans le dos des piétons. Raviluc accéléra le pas pour juguler l'inflation des frissons et, bientôt, arriva au plus important édifice à logements de la ville. Il pressa un bouton au tableau des locataires. Un grésillement bref ouvrit la porte, l'ascenseur montait justement et Raviluc se trouva en présence de sa grand-mère.

- J'ai de la misère à le croire! s'exclama-t-elle, l'invitant à ne pas moisir sur le seuil. Raviluc prit place dans un fauteuil mauve usé à la corde. Sur les murs tout autour, des photographies jaunissaient dans des cadres ovales. Au fond, de lourdes tentures de velours beige protégeaient les yeux et les meubles de Memère contre les soleils obliques. Une odeur de lavande, de cognac et d'oignon imprégnait la pièce par ailleurs pleine de bibelots, de livres et de plantes vertes. Sur le mur en face, le Rocher Percé gardait la pose à l'huile dans un rectangle de bois de grange. Une reproduction de l'Angélus de Millet pâlissait sur quelque mur. Le tintement du verre rappela la vieille dame à Raviluc: assise sur le divan, Memère remplissait pour l'instant deux coupes ventrues d'un cognac doré.

- Bon... assez reluqué mon gars, commença-t-elle, je t'ai pas fait venir pour sentir mes draps... ni pour zieuter ce qu'il y a dans mes chaudrons, baptême... faut que j'te parle... mais avant prends une gorgée... ça va te donner des couleurs... t'es blanc comme une mouette ma foi yeu!

Raviluc regarda sa grand-mère dans les yeux et la flamme qu'il y décela le décontenança un brin. Les cheveux gris de la vieille femme entouraient un visage plein de sillons et de tics. Les manches bouffantes de sa robe noire à fleurs roses volaient à ses gestes saccadés. Memère portait ses soixante et onze ans du mieux qu'elle pouvait, ne sortant pas l'hiver et dormant juste ce qu'il fallait. Le cognac faisait le reste, selon ses dires.

- Ça aide le coeur à rester lucide! affirmait-elle aux dames du Club de l'âge d'or qui auraient certes voulu l'enrôler dans leur armée de tricoteuses. Memère décourageait leur racolage, préférant faire face seule à la solitude des dernières années.

- Ça me touche ce que vous avez à me dire Memère?, questionna Raviluc en posant la coupe sur sa cuisse.

- Et comment mon gars!, confirma la grand-mère, c'est rapport à la terre!

- La terre... quelle terre? s'étonna-t-il.

- Mais la terre ancestrale c't'affaire, cria la vieille Gaspésienne, la terre de tes ancêtres mon gars... as-tu déjà oublié où c'est que t'es né toé baptême... la terre de ton grand-père, de ton père, la terre à nous autres... la terre de Sainte-Olivine baptême!

- ... bien non j'ai pas..., marmonna Raviluc, et qu'est-ce qu'elle a la terre?

- Elle s'en va sus le diable mon garçon... m'entends-tu là... pis ça je peux pas le supporter... ta cousine Grangalope m'a écrit un mot pour Noël... sus le diable la terre qu'il paraît... et pis comme ton père se trouve Dieu sait où, pis qu'il s'en sacre probablement comme de sa cent millième bière, j'ai juste toé pour m'aider... on va voir si t'as du sang d'homme dans les veines, ou bedon quelque sirop de pharmacie qui t'aurait rendu amnésique baptême! s'emporta la vieille dame.

Elle célébra sa répartie d'une lampée de Courvoisier. Elle tremblait légèrement et serra plus fort le bras du fauteuil. Elle prit une autre gorgée pour noyer la toux qui secouait ses épaules. Raviluc marcha jusqu'au vaisselier de bois verni, observa longuement un sucrier fêlé puis revint s'asseoir en face de sa grand-mère.

- Qu'est-ce que vous voulez que je fasse pour vous Memère?

- Rien mon gars... t'as pas compris... qu'est-ce que ça t'a donné d'étudier si tard si ça te rapproche pas de la nature... qu'est-ce que ça peut bien donner!

- Choquez-vous pas Memère, voulut l'apaiser Raviluc, je voulais dire, que faut-il faire pour ... la terre?

- D'abord en prendre soin, mais c'est pas pour ça que je t'ai fait venir, fit-elle levant sa coupe.

- Pourquoi donc Memère?

- Pour retrouver les papiers mon garçon... il faut

que je mette la patte dessus, que je les relise, que je les sache en mains sûres... c'est important des papiers... tous les notaires le disent... pis les gros messieurs qui font les lois itou... je sais pus où qu'ils sont... ton père est disparu dans la nature... ta tante Estelle les a pas... mais il faut absolument les trouver... c'est une terre de père en fils... à qui va-t-elle aller après Ferdinand-la-queue-de-veau?... j'ai peur que le conseil de la Municipalité la vende pour les taxes... il y a trop de doigts crochus dans la paroisse... pis s'il fallait que je prenne pas ces papiers-là dans mes mains avant de partir, je serais pas tranquille l'éternité durant, bap-tême! lança la grand-mère, les mains sur sa poitrine.

Étourdi par le cognac et la volonté de sa grand-mère, Raviluc se cala dans le fauteuil. Il ne s'attendait certes pas à pareille mission: dénicher les titres de pro-priété d'un lopin de terre. Memère toussait moins et buvait plus. Elle voyageait dans des espaces anciens. Son regard brillait moins et ses lèvres bougeaient comme si elle continuait de parler pour elle seule. Ou pour des absents et des disparus. L'évocation de sa mort, en désespoir de plaidoirie, avait figé son allant, peu habituée qu'elle était à évoquer le spectre de sa fin terrestre.

Raviluc finit son verre: sa gorge brûlait et ses yeux roulaient dans l'eau. Il consulta sa montre et se leva, embarrassé. La vieille dame ne bougeait pas et mar-monnait.

- Bon... je m'en vais là, Memère... je vais voir ce que je peux faire pour vous... je veux dire pour la terre... il faut que j'aille en Gaspésie pour mon travail cet été... je vous en donnerai des nouvelles OK... bon-soir là! fit Raviluc.

La vieille dame se tourna vers lui, acheva d'un trait la coupe qu'elle tenait à la main, lui composa le sourire le plus angélique qu'elle put et, solennelle, lâcha: - Si tu ne me retrouves pas les papiers mon p'tit gars, je vais revenir te limer les dents pis t'égratigner les fesses toutes les nuittes après que j'aurai levé les pattes, ça marche?

Et elle partit à rire en cascade, fixant son petit-fils dans les yeux. Raviluc se donna quelques secondes pour lire, derrière les lunettes de l'aïeule, l'affirmation d'une plaisanterie; il ne la lut pas et sortit après un dernier signe de la main. Il descendit les marches en remontant la fermeture éclair de sa canadienne.

Dehors, le vent secouait la tête des réverbères qui promenaient des lueurs jaunâtres sur la neige. Une mince glace craquait sous les semelles de Raviluc qui resserra davantage le foulard autour de son cou pour empêcher les frissons de lui paralyser le dos...

7.

Elle lisait sous la lampe du vivoir.

- J'ai eu envie de te voir, fit-il quand elle ouvrit.

- Je t'attendais! l'accueillit-elle, lui tendant les bras.

Raviluc prit la tête de Prunelle pour l'embrasser et se réchauffer les mains. Il ferma les yeux pour respirer ses cheveux.

- Tu lisais?

- Oh! c'est une Histoire de la Gaspésie... je la commence... aïe ce matin je m'endormais tellement que je ne me rappelle plus mes réponses à la fille de la radio... tu sais l'entrevue dont je t'ai parlé... et ta journée?

- Bof, en mars pour nous autres, y a juste du travail de bureau: Wilbert et moi on brasse de la paperasse comme jamais... mais ces temps-ci, c'est Memère qui me tracasse...

- Ta grand-mère, en quel honneur? s'étonna la jeune fille.

- Elle m'a appelé... pour me parler.

- Te parler de quoi pour l'amour... vous ne vous voyez jamais... et puis je te rappelle que tu ne me l'as pas encore présentée.

- La terre... elle voulait me parler de la terre ancestrale!

- Une terre... où ça?

- Sainte-Olivine, P.Q.... elle veut les papiers... elle a juste moi qu'elle dit... ça me chicote son histoire, et puis elle a l'air bien sérieuse Memère... qu'est-ce que t'en penses?

- D'une grand-mère fantôme et d'une terre inconnue?, fit-elle, railleuse.

Raviluc regretta qu'elle ne connût pas sa grand-mère; elle aurait pu l'aider à voir clair dans les projets de Memère et dans le trouble inexpliqué qu'il éprouvait. Il allongea ses jambes et s'adossa contre le mur. Pendant que dans la cuisinette Prunelle inventoriait le frigo, il jeta un coup d'oeil au gros livre déposé sur la table. Des chaloupes artisanales barraient une grève rose saumon. À l'arrière-plan de la photo, une église lançait son clocher dans le ciel couleur d'eau. Des femmes et des hommes jasaient peut-être du soleil ou de la pêche ou des deux. Un quai rudimentaire menait à une vaste baraque au toit jade. Une impression de douceur résignée émanait de l'illustration...

- Tiens voilà, fit Prunelle lui tendant un jus

d'orange, ça te sortira peut-être de la lune.

- ... ils sont fous... huit cents pages sur la Péninsule... y en aurait-il tant à dire? pensa tout haut Raviluc.

- Veux-tu lire avant moi?

- Euh! non, j'ai des lectures en retard et puis les briques moi... mais j'ai rien contre que tu me dises de temps en temps tes découvertes... pour tout de suite, as-tu envie qu'on écoute les disques des Beatles que t'as retrouvés?

Et la table tournante entraîna les chanteurs anglais dans les "Things We Said Today", "Tell Me Why" et "I'm Happy Just to Dance With You". Et dans bien d'autres musiques des Quatre. La soirée s'emplit d'aimables nostalgies et de regards perdus. Prunelle et Raviluc rêvèrent dans les bras l'un de l'autre. Longtemps. Passé minuit, une dizaine de pochettes jonchaient le plancher du vivoir; elles recouvraient entièrement l'Histoire de la Gaspésie, gisant au tapis...

Raviluc souriait d'aise. Prunelle avait la robe lilas qui l'apaisait. La nuit l'entendait respirer mieux. Il était content d'avoir chaud. Appuya sa tête contre l'épaule amie. Marmonna quelque chose. Qui tourna à la complainte. Il ne sut comment, il avait déjà fermé les yeux. Pour mieux entendre. Un quêteux était venu qui chantonnait - après la soupe - une complainte à faire taire les enfants, à rendre pensifs les grands. L'homme aux cheveux gris avant l'âge, se tenant debout près du poêle, roulait les paroles de la prenante mélopée dans sa bouche pour remercier la maisonnée de la soupe chaude et du lit de camp. Et pour leur faire entendre que sa tête savait des images et des musiques plus lointaines que tout repas et tout sommeil. Il revenait à l'oreille de Raviluc des fragments de la chanson du quêteux chaque fois que son coeur battait sans motif.

Apparent. Quand le marteau du présent frappait l'enclume de la mémoire. Souvent. *Connaissez-vous l'histoire / D'un homme de par chez-nous / Carré comme une armoire / Plus fort qu'un caribou.*

Il a sept ans et c'est le printemps. Pour éviter que le dégel ne laisse des mares autour de la maison, son père a ouvert un long canal dans la neige depuis la grange jusqu'au chemin du roi. Les enfants sortent sur le balcon pour lancer des boîtes de conserve vides dans ce cours d'eau conjoncturel. Les cannettes traversent le champ, franchissent la route et descendent au fond de la coulée jusqu'au ruisseau de Frank Langelier. Modeste filet en été, ce ruisseau se gonfle aux fontes printanières. Que c'est fascinant de canaliser la nature pour s'épargner des voyages au dépotoir! Grisant pour les enfants de corvée et pour leur père. Celui-ci a jeté en travers du canal une vieille porte de hangar pour permettre les allers et retours entre leur maison et celle des grands-parents.

Par la fenêtre de la salle à manger, Pepère et Memère saluent Raviluc quand il passe devant leur maison, en chemin vers l'école. Lui a des cheveux tout blancs et elle, porte un tablier taillé dans une robe à fleurs. Ils le saluent et lui font signe d'ajuster son foulard. Le sac au dos, l'enfant va à pied jusqu'à cette petite maison de bardeaux chaulés au toit pointu que monsieur l'inspecteur appelle "l'école du rang". À six heures et demie du matin, Jean-Paul à Françoé allume la truie pour chauffer la salle des classes avant l'arrivée des élèves. Durant le jour, les garçons de la quatrième année vont quérir dans une pièce de l'école, près des toilettes, une grande brassée de copeaux pour ranimer la truie chaque fois qu'elle menace de s'éteindre. L'honneur d'alimenter la flamme est fortement revendiqué: le préposé au feu jouit d'une place réservée près du poêle, mais surtout, il se trouve seul de toute la classe à pouvoir se lever, aller et venir sans quémander la permission de la maîtresse.

À l'ouverture de la classe, les élèves de première année s'alignent en avant de la salle, debout, côte à côte, pendant que les autres répètent leurs leçons. Mademoiselle Marie-Paule ou Émilia ou Adrienne questionne sur la leçon du jour; le premier qui répond passe à la tête et monte prendre la première place tout au bout de la rangée d'élèves, près des fenêtres. L'hiver, chacun se force les méninges pour passer à la tête, se retrouver sous les fenêtres et jouir ainsi du soleil sur sa peau. Mais lorsqu'il est trop fort, en septembre et juin par exemple, on s'abstient de répondre aux questions de Mademoiselle Marie-Paule ou Émilia ou Adrienne afin de rester à la queue de la file, dans l'ombre fraîche du mur de droite.

Aujourd'hui, Raviluc a perdu connaissance à cause du soleil continuel sur sa nuque. Mademoiselle lui trouve à boire et le fait reconduire chez lui par un grand de quatrième année. Il ne pourra pas jouer au drapeau durant la récréation, tout occupé qu'il est dans la cuisine, à manger des galettes à l'anis pour rétablir ses forces. Puis, il peine sur ses devoirs du lendemain. Longtemps, longtemps, avec sa mère penchée sur lui de temps en temps. Le soir, ses frères et ses soeurs aussi ouvrent leurs cahiers sur la nappe cirée. Ils tirent tous la langue sous la lampe à naphta, dans la lumière plus blanche que celle des maisons-où-ils-ont-l'électricité.

Vers huit heures, ils grimpent au grenier où les attendent deux lits: celui des garçons et celui des filles. Dans un coin de l'étage, deux murs leur cachent la chambre des parents. Au plafond, des cordes pleines de linge à sécher courent d'un mur à l'autre, se croisent, aveuglent la lucarne et compliquent la nuit des somnambules. Quand ils reposent sur le dos et que la chaleur montant par la trappe du plancher anime les caleçons, les blouses et les chemises pendus aux cordes entrecroisées, ils dorment dehors par une nuit d'été. *La vie est un voyage / Les hommes sont passagers/ L'amour a cent visages / Le coeur est étranger...*

Il a l'âge de pousser un cerceau de fer à l'aide d'un T en bois. Ses journées partagées entre l'étude et le jeu lui semblent tellement ordinaires, tellement vécues au premier degré de l'existence que chaque soir, une fois couché, Raviluc s'offre le cinéma fantastique. De ses index pliés, il appuie sur ses yeux jusqu'à ce que la pression fasse tournoyer à la vitesse de la lumière des sapins de Noël dans ses globes oculaires. Des gerbes d'étoiles rouges et bleues fusent de toutes parts sur l'écran turquoise de sa tête du bout du monde. Il est transporté. Il comprend que l'extraordinaire vient de lui. Il imagine que ça ne coûte rien.

Il a sept ans dans le grenier de la maison sans électricité. Ses frères dorment et ses soeurs ne bougent pas. Et c'est ainsi toutes les nuits de la semaine. Tant de cinéma muet à force de pression digitale pour appeler un autre univers, pour connaître d'autres couleurs, pour sortir de soi-même sans quêter la permission, ni passer à la queue de la compagnie. Pour visiter des lieux inconnus, même de la maîtresse d'école... Le feu dans les globes oculaires. L'écran brûle. Il a mal, il halète, il étouffe, il voit des choses, il respire mieux...

Lorsqu'il cesse la pression sur ses yeux, ils leur faut du temps pour recomposer sans parallaxe ni points noirs le plafond en pente et les cordes à linge au-dessus de lui. Il relie la douleur qui lui traverse la tête à la peine d'Adam et d'Ève au sortir du Paradis, à la perte d'une prise sur l'infini. *Connaissez-vous l'histoire / D'un homme de par chez-nous / Qui priait sans y croire /*

Sacrait comme un voyou...

Le cinéma privé, c'est pour les soirs de semaine. Son père et sa mère font silence ou alors chuchotent en bas. Mais le samedi soir, le scénario est tout autre. Le samedi soir, la maison est plus éclairée, plus vivante, plus grande. Elle sent bon les galettes au gingembre et le pain doré tout frais libéré du four. Des effluves de tartes au sucre et de beignes aux bleuets s'échappent du fourneau, et par l'escalier menant à l'étage, montent chatouiller les narines des enfants. Le samedi soir, le Bonhomme écoute le hockey à la radio. Dans la berçante au pied de l'escalier, il entortille le fil de terre de l'appareil-radio autour de son gros orteil pour améliorer la réception. Il pousse un juron chaque fois que l'équipe des Canadiens compte un but.

Couché à l'étage, Raviluc peut suivre la joute grâce aux exclamations du Bonhomme. Celles-ci réveillent les plus grands pour une passe de Maurice Richard et font lever dans leur lit les plus jeunes pour un but de Boum Boum Geoffrion, son joueur préféré. Raviluc n'entend pas la radio mais déduit le pointage par le décodage des sacres qui lui parviennent. L'observation des cris paternels sur une longue période lui permet maintenant de conclure à un premier but du Tricolore quand le Bonhomme lance: "En v'la un, câlisse"; pour un deuxième filet, il ne peut retenir "En v'la un autre ciboire, m'man"; "Attaboy tabarnaque" salue invariablement le troisième but, "Youpi saint-crème" bénit le quatrième filet et ainsi de suite... Raviluc n'a qu'à entendre la référence liturgique pour connaître le rang du dernier but compté par Les Canadiens...

Quant aux buts de l'autre équipe, l'enfant n'a qu'à compter les fois que le thé coule dans les tasses ou que le couteau mord la croûte du pain frais pour le savoir, son père oubliant les exploits de l'équipe adverse en mangeant comme un défoncé. Il va même jusqu'à prêcher à ceux qui roulent en automobile, qu'ils se devraient de la vendre si Détroit leur "volait" la Coupe Stanley...

Entre les périodes de hockey, le Bonhomme déroule le fil de son orteil et baisse le volume de la radio. Il tend l'oreille, sourit satisfait, va fouiller dans le garde-manger et revient à sa berceuse. Il la tourne de cent quatre-vingts degrés et l'installe face à l'escalier. Puis, il s'intéresse à un trou que les rongeurs ont creusé à l'encoignure des marches et du mur. Il y dépose un morceau de fromage, descend au caveau à patates prendre sa carabine et en remontant, met la lampe en veilleuse. Durant les intermissions, le Bonhomme s'installe en silence dans sa chaise, le fusil en travers des cuisses dans la pénombre et une lampe de poche à portée de la main. Quand ils entendent grignoter un rongeur, la mère de Raviluc se fait éclairagiste et son père cherche des éclairs au bout du faisceau lumineux sur le plancher. Et dès qu'il distingue deux petits yeux scintillants dans la région du fromage, le Bonhomme tire sur les rats pour étonner sa femme et pour se faire plaisir...

Raviluc a sept ans. Il imagine qu'à l'impossible son père n'est pas tenu. Il s'étonne de ne pas le retrouver parmi les acteurs fulgurants du cinéma qu'il s'offre chaque soir de la semaine... De ne pas l'y entendre chantonner.

8.

En montant à l'étage par un escalier en spirale, ils avaient croisé des couples de zibelines et de chats sauvages. L'obscurité était rouge dans le corridor. La demoiselle du vestiaire remit à Raviluc deux jetons numérotés du disco-bar L'Éclair. La préposée ondulait sur les vagues musicales qui déferlaient jusqu'à son poste de travail. Elle souhaita une bonne soirée aux jeunes gens, et posa pour mettre en valeur sa taille fine et son sourire équivoque.

Un veston de tergal moiré leur demanda combien ils étaient et ils répondirent, en élevant la voix: - Deux, et vous? Ils s'entendirent répondre tout naturellement: - On est pas mal de monde à soir! Le guide fendit l'assistance pour faire un passage aux arrivants; des chaises tendaient, de loin, leurs bras chromés. En jouant du coude, Prunelle et Raviluc parvinrent à leurs places que désignait satisfait le veston moiré, un large sourire un peu au-dessus du collet. Les dents du placeur s'effacèrent quand le pourboire attendu se fit attendre.

Raviluc commençait à peine d'habituer ses yeux à la nuit quand des lèvres bourgognes susurrèrent:

- Qu'est-ce que vous prendrez? Raviluc cilla des yeux sous les reflets d'énormes boucles d'oreille; il trouva Prunelle dans la pénombre. Une crème de menthe et un scotch sur glace se tassèrent bientôt sur la table circulaire entre leurs genoux. Puis la femme bourgogne se déhancha joliment jusqu'à un bar plus éclairé que le reste du monde.

On avait suspendu des coupes et des verres multiformes à un support acrylique, la bouche vers le plancher. Des miroirs en losanges découpaient en puzzle le dos des barmaids, pour le plaisir des joueurs perchés au bar. Une serviette blanche volait sans arrêt du comptoir aux mains du barman. Prunelle toucha le bras de Raviluc, leva sa crème de menthe et l'invita à choquer leurs verres. Ils firent tchin tchin et se rapprochèrent l'un de l'autre pour mieux s'entendre. Un gyrophare commença à lancer des lueurs bleues dans la salle. Une sirène électrique donna sans doute un signal car les chaises voisines se vidèrent au profit du rectangle métallique du plancher. Toutes les caisses du monde résonnèrent de la voix du disc-jockey qui gémit douze syllabes et donna l'assaut. La vague de décibels toucha les silhouettes sur métal, puis les siroteurs assis, puis les ténébreux du bar. Très vite. La mer de notes tordues par un synthétiseur s'agita et la musique échappa à la tempête en se sauvant dans toutes les directions stéréophoniques. Et les danseurs semblaient en accord avec elle tant ils se contorsionnaient pour la laisser passer dans leurs jambes et dans leurs bras.

Le gyroprojecteur reprit ses tournées hurlantes et le stroboscope fit bouger par à-coups le corps des danseuses dans les yeux de Raviluc. La lumière cachait. Puis révélait. Puis cachait. Puis révélait. Le visage lunaire des pourvoyeuses d'alcool. Et de cigarettes. The Simon Orchestra!, cria Prunelle à Raviluc. En levant les yeux. Vers le haut-parleur. Le plus proche. Toujours l'éclairage stroboscopique. Une voix de femme. Accaparait tout le wattage. Des caisses. Pour électrifier les danseurs de la piste. Les ampoules électriques syncopaient. Éteintes. Vivantes. Un pas en avant. Un pas en arrière. Des pas partout. Voir rouge. I Close My Eyes And Count To Ten. Les mains folles. Les pieds. Voir bleu. La chemise ouverte. La sueur. I Close My Eyes. Que d'arabesques dans les hanches. Toutes décomposées. Si belles les mécaniques. Qui suent. Paco Rabanne. Van Cleef & Arpels. Le ton baissa. Les lumières ralentirent. And Count to Ten. La mer se retira peu à peu. Les danseurs aussi. Les bras se levèrent et le pourvoyeur de glaçons redevint populaire.

L'ampoule jaune derrière Prunelle composait un halo. Raviluc effleura la joue amie pour la sentir proche. Elle eut ce sourire qui le disposait à l'état d'apesanteur. La chaleur et la fumée prenaient toute la place. Les yeux picotaient. Les serveuses ne prenaient plus le temps d'étudier leur démarche tant les réclamaient les claquements de doigts au-dessus des têtes. On allumait des cigarettes tout autour. On changea les verres pour effacer le rouge à lèvres. Déjà le disc-jockey hurlait d'autres onomatopées dans son micro et le tonnerre à nouveau frappa le tympan des fêtards. Et la foule retrouva ses pieds et sa verticalité ondulante.

Le sourire magnétique de Prunelle attira Raviluc vers la piste métallique des danseurs. Des robes cerise et lilas se balançaient déjà devant des chemises bleuet et citron. Prunelle commença à bouger ses pieds de gauche à droite et vice versa sur la plaque lisse, et Raviluc se mit maladroitement en frais de l'imiter. Quand il dansait, on ne voyait pas qu'il boitillait. Une batterie solitaire pétarada un moment. Puis la Foxx Fuzz Machine, le mellotron et compagnie se fondirent en mille sonorités dans la surchauffe de l'air. Les yeux de Prunelle brillaient d'un éclat inconnu de Raviluc qui sentit plus élastique sa colonne vertébrale et ses gestes, plus dociles à la musique. Les regards de sa partenaire et la magie de l'assemblée chatouillèrent d'agrément son échine. Les vibrations du monde tendaient vers la longueur d'onde unique. Raviluc éprouva comme une cohérence dans son être. Ses mouvements lui parurent plus naturels et l'expression corporelle prit un sens dans sa peau.

La tempête musicale grondait de tous les horizons. La poitrine des haut-parleurs expulsait toute la frénésie gravée dans le pétrole durci et l'énergie flottait entre les murs de stuc pour fêter la vie dans le corps des rescapés de l'horaire. Prunelle ferma les yeux et ses mouvements lui échappèrent. Elle ne suivait plus la musique mais cédait à des anges intérieurs qui lui commandaient une gestuelle singulière. Une goutte saline roula son plaisir jusqu'au coin de l'oeil. Les coups de cymbales et les accords des guitares réveillèrent l'obsession entre les tempes de Raviluc. Il répétait sans cesse le même jeu de mains et de pieds pour trouver son équilibre. Le sang cognait à sa gorge et l'orchestre remettait sa séquence, indéfiniment. Raviluc bougeait en chaleur libérante et gravité joyeuse. À force de secouer la tête comme ça, il chassait toutes pensées et seul le plaisir de voir, de toucher, de sentir occupait sa conscience immédiate. Fondu le doute, enfuies les appréhensions, oubliées les peines, seule comptait la joie de se dépenser pour rien, au coeur de la petite foule permissive, au milieu des corps mystères et feux follets. Ce cosmos de l'instant lui transmettait une santé sauvage et l'exaltait.

Un désir inédit traversa Raviluc, le désir d'exploser, de se répandre en milliards de molécules dans l'univers, le désir de toutes les passions, de tous les délires, de toutes les extases de l'Histoire, le désir de se recréer lui-même un septième jour de beauté et d'harmonie. Le désir de jeunesse éternelle dans l'âme. Une roue tournait de plus en plus vite dans son ventre qui, sous la violence de la force centrifuge, menaçait de le projeter dans les airs au-dessus de la foule, au-dessus de tout...

Une nouvelle flambée de sons électriques embrasa l'assistance. Blood, Sweat and Tears!, cria Prunelle, ravie, à son compagnon. Le gyrophare recommença à balayer la fumée de la salle et le stroboscope reprit son manège binaire. L'appareil hachait tout le monde. La fatigue gagnait Prunelle et Raviluc, mais ils ne pouvaient abandonner leurs corps en plein ciel. Le disc-jockey fouetta les obstinés de la piste et, gesticulant dans sa cage de verre, exhorta les corps mobiles à pousser la machine au bout. Prunelle et Raviluc se donnèrent un instant la main. Le scénario stroboscopique. Les figurants tranchés. Le souffle de croisière. L'étreinte d'un absolu. L'insistance des transistors. Raviluc ressentit une douleur. Au tympan gauche. Une douleur. Dans ses yeux, l'alternance électronique du jour. Et de la nuit. Autour de lui, des couples. Des couples. Suivaient la ligne rythmique. Tracée par l'ouragan. Religieusement. Jour. Nuit. Jour. Nuit. La batterie scanda son crédo. Douleur à l'oreille. Le barman. Vider ses bouteilles. Les serveuses. Couper la piste. En raccourcis rémunérateurs. Comme l'encens dans l'église, la fumée dans la salle. Le jour d'une grande fête. L'encens partout. La danse sacrée.

À son tympan douloureux. Raviluc porta la main. Une seconde. Blood, Sweat and Tears. Le couteau dans la lumière bleue. Des pantins fantomatiques. Les fidèles de L'Éclair. Le disc-jockey les bénit. Ils joignaient leurs mains. De plus en plus vite. En applaudissements nourris. On les pria de rester. Une autre pièce. Raspoutine fut annoncé. La célébration musicale reprit son cours. Prunelle communiait aux rythmes de la chorale vedette. Raviluc confessa l'envie de continuer. Douleur. Se vider la tête encore. Passé la fatigue. Vivre. Vivre.

Longtemps longtemps, Prunelle et Raviluc bougèrent sur le polygone des défoulements. Une force incitait l'homme à planter son corps dans le quotidien, dans la vie palpable. Il transpirait du mieux qu'il pouvait comme si ses réticences, de cette façon, fondaient. À la chaleur singulière de la dynamique de groupe. Danser, danser. Très loin des projecteurs maintenant.

Quelque part en dedans. Quelque part dans l'été de l'être. D'avant la douleur. Une autre. Non plus à l'oreille, et plus grave. La présence appelée dans son corps de l'homme primitif, premier, primordial. Aperçu dans l'enfance, disparu dans l'adolescence et le concours des choses. Non pas disparu, mais passé à la clandestinité sous l'homme social.

Était-ce le temps de faire parler ses origines, de ce détour par la terre? Se rapprocher de son corps pour s'éloigner de quelque peur... Au delà de la rassurante présence des objets, des foules. Les transes de la soirée inclinaient Raviluc aux plénitudes et aux sources claires. À la sérénité sans tache originelle. Il acceptait de regarder par-dessus son épaule; il anticipait le vertige d'un accord avec le monde. Était-ce vrai ce qu'on écrivait à propos du corps historien de l'être? À propos de l'âme-intuition? Il se rappela que l'instinct seul lui avait soufflé d'ouvrir cette parenthèse dansante. Son corps était-il le plus court chemin entre son histoire et lui, entre lui et son pays? Raviluc revint, pour ainsi dire, dans la salle, épuisé. Un enfant - encore jeune - aux cheveux gris traversa sa tête dans une ambulance. Danser, danser. Musiques déconcertantes et lumières saccadées. Voulait-il qu'éclate cette bulle thérapeutique?

Quant à Prunelle, c'est tout naturellement qu'elle se donnait aux mélodies; elle n'avait pas à vivre un sentiment particulier pour changer son corps en instrument de réjouissance. Elle se fondait au paysage musical et collait si bien aux rythmes que parfois, on eût dit qu'elle dirigeait elle-même les musiciens. Cette faculté de son amie impressionnait terriblement Raviluc. Il remarqua les cheveux mouillés de Prunelle, mit sa main moite dans la sienne et l'entraîna. Le cantique psychédélique s'éternisa sans eux. Ils tombèrent avec soulagement dans les bras de leurs chaises.

Ils y restèrent longtemps sans broncher. À retrouver leur souffle de croisière et leur coeur régulier... Dans leur tête, seuls leurs pieds continuaient de bouger, par habitude. La pourvoyeuse remettait la crème de menthe et le scotch sur glace. Ils burent pour calmer quelque chaleur. Prunelle retint la main de Raviluc dans la sienne jusqu'à trois heures du matin, jusqu'à la fermeture de L'Éclair...

9.

Quand ils sortirent, une tranquillité nocturne et neigeuse les accueillit sur le trottoir. Et l'air de cette nuit de fin mars assainit leurs poumons.

- Je m'endors et j'ai faim! avoua Prunelle, comme ils s'assoyaient dans l'auto.

- On va au Marie-Hélèna?

Ils durent habituer leurs yeux à un éclairage plus cru, plus blanc. Ils s'attablèrent. Avalèrent des sandwiches et quelques cafés. Le silence du restaurant les reposait, une langueur gagna leurs membres. Ils restèrent là comme hébétés par la musique absorbée la soirée durant, par le souvenir encore chaud de l'enfer décibélique à leurs tympans. La rumeur discrète du Marie-Hélèna les détendait.

- Viens voir le fleuve, OK? s'enthousiasma Raviluc.

- Brrr! fit Prunelle, en prenant son manteau.

La chaufferette soufflait comme un vieux bateau à

vapeur. Prunelle stationna l'auto au bout du quai de Rimouski-Est et se plaignit de la fraîcheur du temps. C'était dimanche et le jour hésitait à se lever. Cette fois, le vrai silence les étreignit... Ils suivirent l'horizon flou. Une lueur qui persiste, le jour qui bâille et le spectacle de l'aube qui s'étire. Entre le sommeil et la vague, la mer hésitait. Un faible clapotis contre le flanc des voiliers. Trois mouettes autour du plus haut lampadaire. Le fleuve à moitié dégelé ne bougeait pas trop. N'être pas les premiers à faire fuir la nuit. Mais petit à petit, la barre du jour fendit le pare-brise en deux et les goélands commencèrent à crier. Raviluc poussa la portière et sortit sur le quai. Ses poumons s'ouvrirent à l'air du large. L'estuaire débordait son regard. Prunelle le rejoignit; elle remonta le col de son manteau sous son menton. Seuls sur le quai. Tout le paysage jaunit d'un coup, le soleil sortit de sa cachette. Merci pour les yeux. Les goélands bavardaient de plus en plus; Raviluc entendit distinctement une corneille crailler, puis ils la virent au-dessus des maisons.

- C'est le printemps qui arrive!, lança Raviluc.
- Youppi, youppi... et j'ai sommeil, fit Prunelle.

Ils quittèrent le quai. Comme heureux. Le nouveau jour semblait vouloir s'installer pour de bon. En s'engageant sur la route nationale, ils croisèrent un camion-poubelle...

Raviluc savait deux ou trois choses de Prunelle. Qu'elle aimait la musique des choses et la liberté des gens. Et la beauté animale, végétale et minérale. Elle souhaitait qu'on l'aime pour ce qu'elle était. Mais d'un amour ni trop blême, ni trop rouge. Elle vivrait n'importe où pourvu qu'on y danse dans la nuit ou qu'on lui fasse aimer l'existence. Elle montait haut dans ses rêves quand elle redevenait enfant certains jours pour s'étourdir de magie. Il savait qu'elle s'espérait forte et sereine, penchée sur un piano blanc pour le faire parler douceur et violence à sa place quand l'allure des jours le commanderait. Quand elle chanterait la bonté qui se voit à l'oeil nu.

Prunelle détestait tous les colliers et autres atta-ches. Elle aimait l'eau et le soleil, tout fluide et toute lumière, surtout dans les moments noirs de son âge. Elle désirait que le voyage soit toujours beau, elle se désolait que ses humeurs ne fassent pas tout le temps bon ménage sous son chapeau. Elle craignait que les blessures changent son coeur et la rendent dure. Le bonheur était léger et tout ce qui la faisait légère, faisait son bonheur. Comme tout ce qui faisait bleuir la mer sous son navire quotidien. Et puis. Ah! oui: elle voulait mourir dans son sommeil...

10.

Monsieur Mann enfumait son grand bureau depuis une heure déjà quand il fit entrer Raviluc. Le soleil tra-versait l'écran de fumée hollandaise en y laissant la plus dorée de ses couleurs.

- Comment ça va... es-tu allé à Sainte-Olivine dernièrement mon Raviluc? questionna le gérant en guise de salut.

- Bien... et non! répliqua sèchement l'autre ne sachant trop ce qui, du possessif familier ou de la référence à son village natal, le contrariait.

- Bon... pour le travail?

- On a fini le Guide de lutte contre les feux, Wilbert et moi, voulez-vous qu'on en parle?

- Oui et non, hésita le petit homme à lunettes, je veux surtout m'assurer que vous êtes prêts pour la tournée des postes de radio...

- Dans deux jours, on commence le tour de la Péninsule... pis on a hâte de voler: c'est bien beau le grattage de papier mais c'est une job pour l'hiver ça... on pense parler de notre Guide aux chefs de l'information, puis expliquer l'indice d'inflammabilité aux animateurs du matin ...

- Si les années se ressemblent, la moitié des morning men auront changé... faudra leur rappeler que le bois vert brûle itou...

Raviluc quitta le bureau et alla s'appuyer le front contre la vitre dans la salle des conférences. Il porta ses yeux sur les montagnes de l'autre côté de la mer.... Puis les ferma. Un certain vertige fit qu'il dût les rouvrir...

C'est Wilbert qui conduisait. Le ciel s'obscurcit à Sainte-Flavie. Raviluc, enfoncé dans son siège, lisait depuis le départ la biographie d'Érik Satie. Derrière des verres fumés, il s'intéressait aux habitudes du célèbre ermite. La radio jouait plus fort que la normale et portait le chauffeur à l'excès de vitesse.

Wilbert avait sa grosse figure rougeaude et ses oreilles décollées de tous les jours. Le descendant des Loyalistes chantait pour couvrir la musique et pour sortir Raviluc de son livre. Le temps blanchissait l'horizon et la neige avait commencé à fondre dans les villages qu'ils traversaient. Ils furent à Amqui en une heure quinze et s'arrêtèrent devant les bureaux de CFVM. Raviluc refit connaissance avec le gérant-animateur-directeur commercial-relationniste de la station. On convint de l'horaire de passage en ondes de l'agent de la Société, relativement à l'indice d'inflammabilité des forêts et aux messages de sécurité. Raviluc laissa des dépliants et rejoignit Wilbert au restaurant Humqui. Après un café, le duo reprit la route 132 vers la Baie des Chaleurs.

- Sais-tu pourquoi qu'on appelle la rivière Matapédia, la rivière aux 222 rapides? demanda Wilbert avec son léger accent anglais.

- Non...

- C'est parce qu'elle donne des bobos de tête aux pêcheurs sur un mautadit temps my friend ! lança le rougeaud en riant.

Wilbert déboutonna sa chemise à carreaux et regarda les montagnes. Les poteaux téléphoniques et les sapins de la Vallée filaient à folle allure dans le rétroviseur. Causapscal. Sainte-Florence. Le soleil toujours absent.

- Pis tes cours de pilotage ça va? questionna Wilbert.

- ... oui, oui... c'est commencé... j'apprends plus vite que prévu!

Trois années qu'ils travaillaient ensemble. Wilbert sentait son copain préoccupé depuis quelque temps. Lui qui aimait tant parler trouvait les voyages bien longs avec un compagnon muet.

- How can you read with those sunglasses... while darkness is on us and the music is so loud, it keeps me from thinking of my girlfriend! Regarde... il commence à neiger... va falloir que je slacke mon pied tralala! lança Wilbert pour lancer la conversation.

- Dis donc l'Irlande... où c'est qu'on est? s'enquit Raviluc, remisant son livre sur le siège arrière.

- Escuminac my boy... si la neige était plus mince on verrait plus loin sur la Baie.

Ils tuèrent le temps jusqu'à Carleton. Les deux hommes réservèrent des chambres au Motel

Tracadièche. Puis le véhicule de la Société montra sa puissance sur la route abrupte qui grimpait le Mont Saint-Joseph. Raviluc remit au journaliste de CHAU-TV une nouvelle carte de la Gaspésie où des zones vertes et noires délimitaient les secteurs intacts et brûlés de la Péninsule.

Il sortit de la station en même temps que Wilbert surgissait de l'Oratoire Notre-Dame, son castor à la Daniel Boone bien enfoncé sur sa tête rouge. Plus bas, des lumières marquaient le pays habité. Entre la mer et la montagne, avril s'entêtait à neiger sur le damier des champs.

11.

La forêt représentait encore le gagne-pain de bien des auditeurs de CHNC New Carlisle, la plus ancienne station radiophonique de la Péninsule. Avec l'animateur matinal, on régla rapidement les interventions en ondes. Long de chemin les attendait: Gaspé n'était pas à la porte de la voiture.

Des gros flocons s'aplatissaient dans le pare-brise, fondaient en rigoles aussitôt balayées par l'essuie-glace. Raviluc se tenait muet derrière ses verres fumés et Wilbert chantait dans les tronçons rectilignes de la route. Pour se reposer le dos du voyage, ils s'arrêtèrent à Chandler, le temps d'une bière au Bar du Moulin.

Assis près de la porte, les deux hommes observaient distraitement les gens de la salle. Comme il portait son verre à ses lèvres, Raviluc reçut tout à coup une retentissante claque entre les omoplates... La bière dans ses narines l'étouffa. Juste à temps, Wilbert s'était levé pour soustraire sa chemise à l'averse de broue. Raviluc reprit son souffle, se secoua les mains...

- Ah! ah! comment ça va cher... ça fait-i' longtemps que t'es par icitte? l'apostropha joyeusement une femme en qui il reconnut sa cousine Grangalope.

- Atchoum... on arrive, puis on repart... ça prend bien toi pour faire des amanchures comme ça! grommela Raviluc s'épongeant le visage.

- Faut que je t'embrasse... ça fait trop longtemps! s'enthousiasma la cousine en collant ses lèvres à celles de son cousin.

- On s'en va à Gaspé pour le travail, balbutia Raviluc, je te présente mon chum Wilbert... Wilbert, Granga... hum Félicité; Félicité, Wilbert... veux-tu t'asseoir une minute avec nous autres?

- C'est certain... tout le monde m'appelle Grangalope... ça fait une éternité qu'on t'a vu dans le coin... tu viens pas souvent mon maudit!

Et la jeune femme partit d'un long rire chevalin. Ses belles lèvres découvraient alors des dents proéminentes. Parfaitement noire, sa crinière tombait raide sur ses larges épaules. Raviluc se souvenait d'elle comme d'une fille nerveuse, sportive, pas très à cheval sur les principes et qui s'emballait facilement pour les garçons au poitrail musclé. Grangalope décontenançait par son énergie sauvage, sa bonne humeur contagieuse et sa fougue sympathique.

- Aïe tu vas rester avec nous autres à soir cher... Yves-René va venir me chercher tantôt... dis-moé ce qui t'arrive... es-tu marié là? questionna Grangalope, piaffant d'impatience.

- Euh! non pas encore... non... et puis c'était pas prévu qu'on reste hein Wilbert? fit Raviluc, enlevant ses verres fumés et plantant son regard dans celui de son copain pour lui faire comprendre ses réticences.

Wilbert acheva lentement de boire sa troisième bière, s'accrocha un oeil dans le décolleté de la jeune femme et faisant fi des sourcils froncés de Raviluc, lança gaiement:

- On a toute la semaine pas vrai... on ira demain sur la route de Gaspé... we have plenty of time boy, don't we?

- Attaboy! jubila Grangalope, faut pas dételer vite de même... ça va faire une occasion à Yves-René de te connaître... c'est quoi ta job ?

- Les feux de forêt... je dirige les CL 215 qui les arrosent... c'est lui mon pilote... et toi Grangalope, fit Raviluc, souhaitant éperonner la conversation dans une autre direction, que fais-tu?

- Cher enfant, commença-t-elle en révélant ses dents, icitte c'est *dull* par les temps qui courent... je me promène à gauche pis à droite... j'ai le recensement qui dure pas longtemps pis qui revient pas souvent... j'aide ma tante Yvonnette... est tombée malade l'été d'avant, pis elle reprend pas le dessus... c'est ça, je visite tout le monde que je connais... Yves-René trouve que je suis souvent sur la trotte... une chance que la Baie James l'a appelé lui, parce qu'on se voyait ben mal sur le BS !

Grangalope s'étira les jambes sous la table et s'abreuva naturellement au verre de Raviluc.

- Bon... te v'la toé... courailleuse... je te cherchais partout!

- Ah! c'est Yves-René... mon mari... viens voir qui j'ai rencontré, l'invita Grangalope... je te présente mon cousin Raviluc... le garçon à mon oncle Ferdinand... le Bonhomme... tu sais je t'en ai parlé!

Le grand gaillard cracha son cure-dents, enleva son chapeau de cow-boy, tendit une main large comme ça, posa l'autre main sur la cuisse de sa femme et sourit aux deux hommes...

12.

Plus tard, le quatuor s'en fut à la Brasserie Gaspésia. L'obscurité de la salle aveugla les nouveaux arrivants. La première, Grangalope retrouva la lumière de ses yeux et, à l'intention d'un gros garçon portant favoris et tablier de cuir, leva le bras: - Une table pour quatre, tit Prince!
  - Par icitte gang! répondit le garçon sans expression particulière. Le groupe prit place autour d'une table de cuivre ondulé, froid.
  - Huit draffes ! commanda le chapeau de cow-boy au tablier de cuir .
  Une cinquantaine de tables occupaient le plancher de tuiles saumon. Accrochées aux murs, des lanternes rougissaient les visages. Une salière, un cendrier et un plat de fromage en grains se tassaient au centre de chaque table. Un interminable bar de bois longeait tout le mur face à l'escalier donnant dans la salle en fer à cheval. Pour se libérer de son comptoir, le barman passait entre deux roues de charrette dont les jantes étaient ornées de capsules de bière. Et chaque

fois qu'il avait à manoeuvrer les robinets, il devait incliner le buste pour esquiver l'énorme tête de boeuf vissée dans un miroir à proximité du tiroir-caisse. Dans un angle de la salle, une tribune dépassait un rideau, pour l'instant fermé. On y avait planté deux microphones.

La moitié des tables regroupaient des hommes aux manches retroussées et des femmes souriantes que distinguait mal Raviluc dans la pénombre rougeoyante. Des rires francs quittaient les tables et des jurons appréciaient quelque boutade. Côté jardin de la scène, un juke-box jouait pièce après pièce une musique tonitruante.

- À la santé du garçon à m'oncle Ferdinand! proposa Grangalope.

- À la santé de la Grande Presqu'île! suggéra Wilbert.

- Tchin tchin, ajouta Raviluc en choquant son verre contre les autres.

- Hé! qu'est bonne!, souffla Yves-René en faisant disparaître une moustache de broue dans le tissu de sa manche.

- Pis, Raviluc, vas-tu aller voir ma tante? questionna Grangalope.

- Je sais pas trop... j'avais même pas prévu arrêter ici... je pense pas qu'on ait le temps... mais j'espère que sa santé prendra le dessus, répondit-il.

- Pis la James Bay ? s'enquit Wilbert à Yves-René.

- Ah! fit ce dernier, ça paye ben mais c'est assez dur... se lever de bonne heure, les contremaîtres dans le dos, la grosse paye que tu peux pas dépenser pis l'idée qu'i' a quasiment juste des hommes à mille milles à' ronde.. c'est ben beau les loisirs mais des boules de pool ça fait pas oublier les fesses de ta blonde... en tout cas moé, c'est c'que j'trouve le plus tough... quand je r'viens après mes soixante jours, pis mes soixante nuits en ligne, laisse-moé t'dire que j'oublie tout ça sur une saint'-crème de raideur t'sé veux dire... dis-leur donc Grangalope!

Soudainement, le juke-box coupa la chanson qui tournait: seule la rumeur des conversations anima la salle. Les rideaux bougèrent, une voix s'éleva: - Un en chiffre romain, deux en chiffres romains, trois en chiffres romains, testing!

L'attention se porta vers la scène d'où la voix assaillait la salle: - Mesdames et messieurs, directement du Casino Gaspésien de la rue Sainte-Catherine à Montréal, la direction de la Brasserie Gaspésia de Chandler est heureuse de vous présenter le maître des grandes cérémonies, le cow-boy des pleines lunes, le charmeur de la Fourche à Ida, comté de Bonaventure, mesdames et messieurs, une bonne main pour notre ami à tous et j'ai nommé... JOHNNY CYRRR!

Les applaudissements obligèrent l'invisible présentateur à hausser le ton quand le rideau noir s'ouvrit sur un tabouret-bar perdu sur la scène. Un homme d'à peine cinq pieds s'avança, une guitare en bandoulière, un Stetson sur la tête et l'oeil humide. L'apparition de Johnny Cyr avait étouffé toutes les conversations et siphonné toute la lumière vers la scène. Le bruit des chaises qu'on fait pivoter ne perturba point le chanteur qui déjà nasillait avec ferveur sa chanson fétiche "De la neige sur la bible de mon père". L'auditoire écoutait religieusement le petit homme derrière la guitare. Wilbert souriait en balançant sa tête rousse de gauche à droite au rythme des trois accords du vacher chantant. Yves-René et Grangalope tapaient du pied en zieutant le costume de daim rouille de Johnny.

L'assemblée tirait parti des solos de guitare pour lever son verre à la santé de la parenté absente, et qui manquait le spectacle. Sa chanson terminée, Johnny accepta avec une évidente satisfaction les bravos et les sifflements de l'assistance. Il rectifia la position du micro et, le tenant solidement de la main droite, il fit semblant de vouloir faire cesser les manifestations de la salle en levant le bras gauche... "De la neige sur la bible de mon père", répéta l'homme d'une voix pleine de trémolos emphatiques.

- Mesdames et messieurs... ladies and gentlemen... ça me fait toujours plaisir de revenir parmi vous quand i' s'passe queq'chose par icitte, et ce soir j'ai deux événements à vous parler, mesdames mesdemoiselles, et c'est normal de vous dire pourquoi que d'abord je suis icitte pour... je veux dire merci à notre bon ami Lyle Jones pour son invitation à me voir ici devant vous en cette parade de mode spéciale qui vous impatiente tant de regarder... pis j'm'en voudrais de ne pas l'annoncer mon nouveau disque sur le label de mon ami Ol'boy Campion, et qui s'intitulera du titre de "La boisson forte et le sexe faible"... messieurs, c'est aussi pourquoi que ma présence est icitte ce soir pour vous changer les idées de même que celles de tout vous autres qui êtes venus en grande foule vous voir me rencontrer à la Brasserie Gaspésia, le meilleur endroit de Québec à Gaspé pour la musique country, la draffe frette et les toilettes propres propres propres... une bonne main pour vous autres, mesdames, mesdemoiselles, ainsi de suite...

Les hommes imitèrent des hommes qui sifflent et les femmes claquèrent des mains avec frénésie. Ils jouaient le jeu et s'amusaient de l'atmosphère qu'ils créaient. Des nouveaux venus cernèrent les dernières tables vides. La fumée des cigarettes voilait les pales du ventilateur au plafond. La bière passait des bocks aux verres, puis des verres aux gosiers, puis des gosiers aux vessies, puis des vessies aux toilettes propres propres propres.

- Mesdames, mesdemoiselles, messieurs et tout vous-autres, c'est un plaisir pour vous de voir présentée par moi-même la première mannequin western du boutte... qui vous présentera une chanson de Barbara Fairchild, I Wish I was a Teddy Bear ainsi que des jeans sexés en sacrifice... hein Lyle... OK... mesdames, messieurs... une bonne main pour Laurette Leblanc... envoye Laurette, t'es capable!

Une jeune fille aux longs cheveux blonds remplaça Johnny Cyr sur le devant de la scène. Elle portait une blouse de soie bleu ciel coupée au-dessus du nombril et des jeans très ajustés. Des bottes de majorettes à motifs dorés et un foulard rose achevaient de l'habiller. La chanteuse faisait du lipsync sur la chanson annoncée. "I Wish I was a Teddy Bear" composaient approximativement ses lèvres pendant qu'elle balançait ses hanches prisonnières du pantalon serré dont les coutures résistaient bien aux ondulations de l'adolescente en montre.

- Et maintenant, mesdames et messieurs, voici que sur la chanson "Love Is a Weird Thing to Cope With", la belle Florence vous présente un déshabillé noir de la boutique de Madame Larose... une bonne main pour Florence Legresley. Et la Florence annoncée se promena sur la scène et dans la salle même, faisant de larges gestes qu'un éventail gonflant le tissu léger, amplifiait et dramatisait. Les lèvres du mannequin devaient mimer quelque prière de ranch. Le déshabillé noir ondulait sous les projecteurs avec la lourde respiration du juke-box. Pendant que la fille de Omer Legresley achevait sa chorégraphie mercantile, une jeune femme se fit une place entre Grangalope et son mari.

- Ma soeur Marie-Rosita! fit Yves-René à l'intention de Wilbert et Raviluc. Elle n'avait pas plus de vingt ans. Un ample pantalon de velours et un chandail de coton ouaté ne camouflaient pas sa minceur. Ses yeux bougèrent dans la pénombre et ses lèvres pleines esquissèrent un sourire ironique. Raviluc observait ses gestes lents et précis de même que l'intensité de son regard, quand elle fixait quelque chose ou quelqu'un.

- Elle étudie à l'École Polytechnique de Montréal! s'exclama fièrement Grangalope à Raviluc et Wilbert.

Johnny Cyr venait d'annoncer le baby doll du Grand Canyon et Mathilda Guénette, rouge jusqu'à ses bottes de cuirette, se jucha sur le tabouret-bar. Son vêtement laissait voir tout à fait ses cuisses et presque ses seins. La chanson qui commença à tourner desserra ses mâchoires et lui soutira quelques gestes. "Minouche-moi mon matou" répétait le refrain, et l'assistance mâle trouvait que Mathilda Guénette chantait bien et qu'il faisait chaud et que la bière aurait pu être plus froide.

Une espèce de complicité liait les femmes et les hommes de la Brasserie Gaspésia. C'était comme s'ils ne regardaient pas ce qu'ils voyaient, comme s'ils assistaient à un autre spectacle mis en scène par leurs goûts et leur bonne humeur. Ce qu'ils voyaient n'était que la matière première dont chacun tirait la forme d'euphorie lui convenant à l'instant, c'était comme si la visible réalité n'avait d'importance que pour son rythme et ses mouvements. Les femmes et les hommes de la Brasserie Gaspésia voyaient des fantômes dans ces belles filles qui allaient et venaient. Ce qu'ils retenaient, c'était ce plaisir de bouger, cette étreinte de son propre corps dans les rythmes primaires de la musique country; ce qui leur entrait dans la poitrine, c'était le mouvement de la vie brute entre quatre murs sans façon ni protocole, au bon vouloir d'un tout petit homme. Ils le sentaient au fond d'eux-mêmes. Et quand Johnny Cyr enchaînait, avec une chanson disant que sa mère était au paradis et que parti son père aussi, tous les buveurs de bière, sous les lanternes de l'enfer, sentaient virer dans leurs ventres des élans de dimanche matin, ressentaient comme des crampes mystiques qui les apeuraient, qui les enivraient un peu, qui les portaient à boire, surtout.

"Je marche le long d'un chemin de fer, j'ai faim et je tremble de froid; je suis tout seul sur la terre, mon Dieu ayez pitié de moi!" s'exaltait le petit chanteur de daim rouille dans la lumière blanche et la fumée des cigarettes. Et se déroulait bien la parade de mode érotico-western modulée aux ritournelles douces-amères de Johnny. Les modèles roses et gauches bougeaient leur jeunesse sans perdre leur sourire intérieur.

- Comme ça, vous pis les sciences? fit Raviluc à Marie-Rosita, profitant d'un silence.

- Je suis toujours curieuse d'en savoir plus... je termine ma deuxième année... l'électricité m'intéresse... j'aimerais travailler au moulin.

- Et les études... difficiles?

- Assez... les sciences exactes, c'est pas une question d'opinion... et puis je vais danser moins souvent que mes amies... c'est mon choix... Raviluc votre nom... ton nom... c'est quoi ton métier?... il fait chaud ici...

- ... aéropointeur... éteignoir de passions forestières qu'on se dit... à partir d'avions biplaces, à partir des nuages... je connaissais pas la belle-famille de ma cousine... je reviens si peu souvent...

Johnny Cyr reprit son grand succès du Casino gaspésien "N'entends-tu pas le train qui siffle mes chandelles", pendant que toutes les jeunes filles du défilé entouraient le charmeur de la Fourche à Ida, comté de Bonaventure, pour la scène finale. Pleine réussite la soirée. Quand les gens s'étaient oubliés, quand la douleur ne parlait pas au corps, quand la bière avait apaisé des blessures économiques. Pleine réussite la soirée. Une autre.

Wilbert dormait. Grangalope et Yves-René s'échangeaient des regards de retour de Baie James. Marie-Rosita, qui n'avait pas bu du tout, dessinait des figures géométriques du bout de ses doigts sur la table de cuivre. Raviluc ne regarda pas l'heure.

13.

Il remit ses verres fumés dès le réveil. Il ne désirait pas que se précisent les épinettes et le ruisseau devant la maison de Grangalope. Il avait hâte de quitter Sainte-Olivine, son travail, son rêve, son malaise... Raviluc trouvait que sa respiration manquait de naturel, que sa poitrine encaissait mal le village.

Les yeux encore dans la ouate de l'endormitoire, Yves-René salua les visiteurs comme ils montaient en voiture. Wilbert maudissait la bière de la Brasserie pour son mal de bloc et ses frissons. Les deux hommes déjeunèrent à Grande-Rivière. Ce qui les remit d'aplomb pour la route. Sainte-Thérèse-de-Gaspé. La côte coupée. Cap d'Espoir. Le printemps commençait à faire fondre la neige dans l'Anse-à-Beaufils. Vers midi, ils lançaient des frites aux fous de Bassan de Percé. Le grand Rocher buvait la mer comme un défoncé. L'auto franchit Bridgeville, Barachois. Un chien blanc courut derrière la voiture à Saint-Georges-de-la-Malbaie. L'écho des aboiements dans sa boîte crânienne fit grimacer Wilbert. Sitôt à Gaspé, Raviluc convint des horaires habituels avec Radio-Gaspésie. Puis, il trouva les guillemots noirs de céramique qu'il offrirait à Prunelle. Son compagnon gagna sa chambre du motel Madame.

Le soir, au Bar Jacques-Cartier, les deux hommes firent la connaissance de trois Américaines en voyage. Wilbert, en meilleure forme, leur parla toute la soirée de la vie gaspésienne et irlandaise. Les filles avaient la peau blanche et le sourire facile. Vers minuit, Wilbert convainquit tout le monde de découvrir la ville jusqu'à la croix de granit installée dans la rue de la Reine, depuis 1934. Il insistait malgré l'heure pour entraîner les jeunes femmes au réservoir de saumoneaux et de truitelles qui servent à ensemencer les lacs et les rivières du Québec... Au grand dam de Wilbert, la nuit ne fut pas américaine.

Tôt le lendemain, les deux agents de la Société de conservation roulèrent vers la côte nord de la Péninsule. À Cloridorme, le clocher piquait le ciel couleur d'eau. Ici l'air avait beaucoup de golfe pour se parfumer. Petite-Vallée. Wilbert et Raviluc chantaient sur la route du retour. Rivière-Madeleine. Manche d'Épée. Le soleil d'avril écrasait les bancs de neige. L'Anse Pleureuse. Mont-Louis. Le fleuve accordait ses teintes au ciel du Mont Saint-Pierre. Raviluc chantait de plus en plus fort. Marsoui. Tourelle. Encore des contacts radiophoniques à Sainte-Anne-des-Monts et Matane.

Raviluc avait enlevé ses verres fumés pour mieux embrasser la clarté du printemps au bord de l'eau. Quand Rimouski apparut dans le pare-brise, il soupira... Plus à l'aise maintenant.

14.

Il fendit la foule jusqu'au banc des joueurs. Le spectacle avait commencé quand il embrassa Prunelle. Celle-ci s'énervait: sa meilleure élève allait faire son numéro. Une patineuse achevait le sien et saluait avec grâce la foule conquise. Lorsque la protégée de Prunelle glissa sur la patinoire dans un grand cercle de lumière pastel, Raviluc vit l'inquiétude plisser le front et agrandir les yeux de son amie. Quelque chose fondit dans sa poitrine comme chaque fois qu'il la sentait en danger de chagrin. La petite Poirier chaussait des patins blancs et portait des collants rouges sous sa jupette bleue. Sa queue de cheval ne bougeait pas pour la position de départ.

La musique commença à filtrer des haut-parleurs. Les premiers mouvements s'enchaînèrent en arabesques agréables.

- Quelle est cette musique-là? s'enquit Raviluc.

- Extrait de la Suite Peer Gynt numéro I de Grieg, haleta-t-elle, as-tu de la gomme... prends ton temps

Nina, c'est ça, c'est ça... as-tu de la gomme... trente secondes de passé...

Raviluc balaya du regard les gradins du Colisée et s'étonna des visages inclinés avec autant d'intensité vers la patinoire où la mignonne Nina bleu blanc rouge faisait des pirouettes et des jeux de pieds.

- As-tu vu son saut de mazurka et puis son double saut de Salchom... sans briser son rythme... c'est bon ça! commenta Prunelle.

- Bon elle a fini son solo... enfin... c'est pas mal... une chance que sa mère est pas ici pour l'énerver... la danse, j'ai hâte maintenant... oui c'était pas mal!

Les gens trouvaient que c'était même très bien et se tapaient dans les mains pour que ça se sache. Un jeune garçon alla retrouver la petite Poirier au centre de la glace. Les haut-parleurs s'essayèrent à une musique.

- Voulez-vous m'accorder cette danse mademoiselle? invita Raviluc, emphatique et souriant à Prunelle.

- Toi qui as du mal à conduire un slow, fit-elle moqueuse en lui effleurant la joue, tu voudrais t'engager dans une canasta, un tango, une swing-dance ou une valse hollandaise... on va voir si je me suis levée à cinq heures du matin tout l'hiver pour quelque chose...

Il faut le dire: la patineuse Nina et son partenaire en noir dansèrent parfaitement sur les deux premières mélodies. La foule partisane des membres du club local de patinage le fit savoir sans retenue. Encouragés, les danseurs glissaient de plus belle dans les mouvements musicaux. À tour de rôle, ils réalisèrent une série de lobes en carres avant et arrière en allers et retours d'un bout à l'autre de la patinoire. L'harmonie des gestes, le synchronisme des élans, l'accord avec les haut-parleurs et soudain... la conscience des bravos, une main molle et voilà la chute qui trouble le sommeil pendant des semaines. -Ah! non! lança Prunelle avant de cacher sa déception dans ses mains, avant de s'appuyer le front contre l'épaule de Raviluc...

Les deux enfants enneigés se relevèrent pour saluer, en désordre, comme pressés d'en finir. La foule battit des deux mains malgré la double chute. Raviluc embrassa les cheveux de Prunelle, comme ça. Elle leva la tête: ses yeux avaient fondu un peu sur sa joue. La petite patineuse revint en larmes au banc des joueurs et Prunelle la prit dans ses bras pour la bercer un instant:

- Je suis contente de toi Nina, lui dit-elle doucement, tu as réussi ton solo... tout le monde a vu tes progrès en danse... tu sais que tu peux t'améliorer... en travaillant... je suis contente de toi ma grande!

Et les mains de Prunelle tremblotèrent dans les cheveux de la petite.

15.

Quand l'ascenseur les déposa sur le palier, Raviluc avait toujours cet air soucieux qui lui sillonnait le front et creusait sa cicatrice. La grand-mère ouvrit aux visiteurs avec un "Entrez mes enfants!" enthousiaste. Raviluc présenta Prunelle et le silence souriant de la vieille dame l'inclina à conclure que son amie lui plaisait. Ils s'installèrent au vivoir où les attendaient John Collin et Courvoisier sur une table à café.

- Ça va Memère? fit Raviluc pour rompre la glace.

- Inquiète-toé pas pour ta grand-mère, répliqua celle-ci, tant que la Commission des liqueurs manquera pas de sérum... je serai toujours poison vif pour les microbes!

- Bon... votre appel téléphonique?

- Je t'en parlerai dans le temps comme dans le temps, promit la vieille se tournant vers Prunelle, sais-tu que t'as du goût mon gars: c'est une belle créature ta cavalière... Prunelle hein... drôle de p'tit nom ça... pis lui, il vous cause pas trop de misère mam'zelle?

- Ah non madame... il est bien gentil... huître sauvage des fois... est-ce que je peux vous appeler Memère?

- Ben oui, ben oui, ma fille!

- Vous pouvez m'appeler Prunelle!

- Ouin... drôle de p'tit nom pareil... c'est-i' rapport à vos grands yeux... oui... c'est quoi que tu fais ma fille pour gagner ta vie? s'intéressa la vieille, reprenant son verre de cognac.

- Patinage artistique... je suis monitrice... connaissez-vous ça?

- Êtes-vous payée pour ça chère enfant... oui... ah! bon c'est ben pour dire le monde d'aujourd'hui! commenta la septuagénaire.

- Memère, intervint Raviluc posant son verre de cognac, Prunelle s'intéresse à l'Histoire... elle est à lire celle de la Gaspésie... m'a pas dit pourquoi, mais je me doute que c'est pour me connaître mieux... pour cheminer en connaissance de cause, du général historique à mon particulier sympathique...

- Wô tit gars, l'arrêta la vieille, tu portes moins l'eau-de-vie qu'un Sauvage... mais tu me rappelles ton grand-père... il suffisait qu'il soit en présence de trois personnes pour conter des légendes toute la veillée... surtout quand c'était des étrangers... en tout cas, je suis contente de voir qu'il y en a un de vous deux qui s'intéresse à notre patrimoine... où t'es née ma fille?

- À Montréal, fit Prunelle.

- C'est pas grave! murmura la vieille Gaspésienne avec compassion, comme pour pardonner à l'autre quelque péché originel...

La grand-mère leva son verre à la santé des invités et s'essuya les lèvres de sa manche. À voix basse, elle laissa tomber:

- Cet après-midi, ta cousine m'a appelée de Sainte-Olivine...

- Et puis, s'informa Raviluc, une mauvaise nouvelle?

- Oui... c'est ta tante Yvonnette... c'te nuitte, elle a levé les pattes... était rendue au boutte de son rouleau... pauvr'elle...

Raviluc prit un glaçon dans sa bouche pour humecter sa gorge, resta un moment sans parler, puis se tournant vers Prunelle: - C'est la tante chez qui j'ai habité tout un hiver... elle m'aimait bien... elle était tellement ricaneuse... ça me fait quelque chose...

- Vas-tu descendre... pour l'enterrement? fit Prunelle.

- Bien... bien oui...

- Je t'accompagne si tu veux, offrit-elle, lui prenant le bras.

- OK, fit-il balançant légèrement la tête d'avant en arrière comme quand on veut dire oui.

- Bon, astheure que c'est décidé que tu redescends en bas, reprit la grand-mère, parlons de la commission que je t'avais demandée... t'en souviens-tu?

- Les papiers de la terre, c'est ça? souffla Raviluc, réalisant du coup qu'il n'y avait pas songé durant son récent tour de Péninsule.

Raviluc et Prunelle se tenaient la main sur le divan usé. Les lourdes tentures de velours avaient été écartées pour laisser la brise de mai parfumer l'air de l'appartement. Juste un instant, Prunelle perdit ses yeux dans la contemplation d'un duo de chevaux de porcelaine. Perdit ses oreilles avec. Que cherchaient-ils eux qu'elle ne songeait pas à chercher? Et qu'elle aurait peut-être dû. Ils parlaient très clairement de choses précises. Eux deux savaient dans quel lit de quelle maison, de quelle mère et de quel père ils étaient nés. Ils pouvaient déposer en liasse des noms et des photographies à l'appui de leur genèse. Dans le miroir, elle retrouva son regard empreint d'une tristesse éter-nelle. "Parce que t'es coupée de ton arbre généalogique!", expliquait Raviluc qui avait appris très tard dans leur histoire commune, que lui demeuraient inconnus ses parents biologiques. Par à-coups, le flou de ses origines lui creusait les yeux et lui donnait des vertiges. Semait le désarroi sous ses cheveux et barrait son front pourtant lumineux. Que cherchaient-ils qu'elle ne songeait pas à chercher? Et qu'elle aurait dû. Après quelle sorte de point commençait la phrase de sa propre existence? Exclamation, interrogation, suspen-sion...

- De quoi ont-ils l'air ces papiers-là Memère... s'il faut que je les retrace? s'informa -t-il.
- Bon écoute... c'est les papiers que le père de mon mari, le vieux paresseux à Joseph, a reçu comme preuve de ses droits sur la terre qu'on habitait à Sainte-Olivine... dans le rang... pis qu'est abandonnée astheure parce que tout le monde est en ville... moé avec par-dessus le marché, geignit-elle.
- Doit être vieux ce document-là Memère, dit Prunelle, vous l'avez déjà vu?

- Ben certain, confirma-t-elle, mon mari tenait les papiers de son lambineux de père... mais les ai perdus de vue depuis des années... sais pas où ils sont...

- Vous pourriez les décrire Memère? demanda Prunelle, curieuse.

La vieille dame soupira, fouilla le vide, se pencha vers la bouteille du liquide ambré. Elle remit une mèche de cheveux gris en place et s'adossa dans le fauteuil mauve. Prunelle devina l'effort derrière le front de la septuagénaire.

- Il y avait écrit, j'en suis sûre, commença la grand-mère, VICTORIA PAR LA GRÂCE DE DIEU... pis ensuite en p'tites lettres et au long le nom du vieux Joseph... pis aussi que les lots... concédés... appartenaient à la Seigneurie de Sainte-Olivine... i' avait aussi le prix payé... pis le numéro des lots alentour... pis la date que le Grand Sceau de la Province de Québec, que ça s'appelle, a été apposé... i' étaient pas mal maganés nos papiers... c'est mon idée fixe de les ravoir... une obsession comme ils disent... c'est comme si j'avais pas de coin à moé sur toute la terre... officiellement... j'étouffe rien que d'y penser... redonne-moé donc du sérum... des fois, je rêve qu'on se la fait voler "pour les taxes", la terre de mon défunt... il faut que je les tienne dans mes mains, vivante, mon gars... fais ça pour ta vieille grand-mère... si tu veux pas qu'elle t'empoisonne à l'eau de Javel le jour de tes noces baptême! menaça la grand-mère.

Puis la vieille leur fit comprendre sa fatigue. - Elle est surtout saoule! pensa Raviluc. Prunelle embrassa la vieille femme avant de quitter l'appartement vieillot.

La soirée avait son air frisquet. Avant que Prunelle n'eût remonté la vitre, des odeurs de goudron, d'essence et de poulet frit envahirent l'habitacle de l'auto. Ils roulèrent sur le boulevard René-Lepage. Un instant, la jeune femme imagina son père au volant de la voiture qui les doublait; elle songea que sa mère aurait pu être dans la voiture rouge derrière. Se demanda pourquoi ses parents ne voyageaient pas ensemble. Avant de sourire, mélancolique mais légère, à tout cela.

16.

Ils marchèrent jusqu'à la gare. Les rails apparurent assez parallèles et ça devait rassurer bien du monde. Le train siffla comme une bouilloire que la vapeur étouffe et se colla contre le quai. Les voyageurs se répartirent les wagons et le képi principal fit un signal.

Dans les montées, la locomotive payait cher la meilleure place du convoi. Mais le paysage en valait le coup. Côte à côte, Prunelle et Raviluc occupaient le voyage à lire. Un somme leur fit rater l'entrée dans la Baie des Chaleurs. Finalement, le train les laissa sortir à la gare de Chandler. Ils avaient les jambes mortes et l'estomac dans les talons. Un corbillard recyclé en taxi rose les prit en pitié et les déposa devant le salon funéraire de Raoul-Isidore Pinel.

Des lettres de bakélite blanche sur une plaque de nacrylon annonçaient que Yvonnette Dubé dite Lambert serait visible de dix heures du matin à neuf heures du soir. Sauf aux heures du dîner et souper. En haut de l'escalier de similigazon olive, Grangalope tomba dans les bras de Raviluc. Les sillons de rimmel fondu jusqu'au col de sa blouse attestaient sa peine. On entra et plein de gens se retournèrent pour zieuter les étrangers. Une vague de chuchotements coïncida avec le retour des têtes à leur position originelle.

Les nouveaux arrivants s'avancèrent dans la salle de gauche, la bonne, celle de droite étant animée par la famille du père Manny découvert sans vie dans un motel de Cap d'Espoir au bout de trente ans de prédication. Prunelle tenait le bras de Raviluc et clignait des yeux tellement ces visages inconnus lui paraissaient blancs. Ils s'avancèrent vers le cercueil, au fond de la pièce. La morte étouffait sous une avalanche de fleurs. On avait bien verni la tombe mais se laissaient voir encore quelques noeuds dans le bois. Le satin mauve allait bien aux lèvres de la tante Yvonnette. Le devant de la scène se libéra et ils purent s'agenouiller. Raviluc identifia positivement la tante chez qui il avait séjourné tout un hiver d'études. Elle réussissait si bien le cipaille et le pouding-chômeur. Cette pensée ralluma son appétit. Prunelle baissait les yeux et semblait ailleurs. Comme on grommelait des hum! hum! dans leur dos, ils se relevèrent et glissèrent vers un grand livre à tranche dorée, à droite du catafalque. "À la douce mémoire de la deuxième femme de Yvon Dubé. - La maman de Yvon." "Faites-vous en pas, madame Yvonnette, on va prendre soin de vos filles. - Les jumeaux à James Bujold." "J'filerai mieux à Grande-Rivière astheure. J'me comprends. - Le père Hibou." Raviluc nota mentalement ces inscriptions.

Grangalope présenta aux jeunes gens les frères et soeurs de la tante Yvonnette. Raviluc ne les connaissait pas puisqu'ils habitaient tous Montréal depuis la dernière guerre mondiale. Par contre, il reconnut dans l'assemblée Marie-Rosita, Jean-Paul-à-Françoé et madame Blanche, la femme du restaurateur de Sainte-

Olivine. Toute une rangée de dames défraîchies lui rappela des femmes qu'il regardait en levant la tête et en baissant les yeux, il y avait bien quinze ans maintenant. Quand la belle-mère de tante Yvonnette proposa: "Y est sept heures, c'est l'temps d'une autre dizaine de chapelet, m'en va la dire, au nom du Père et du Fils et du Saint-Esprit", Raviluc entraîna Prunelle au sous-sol du Salon.

Une fumée blanche et des rires étouffés les accueillirent au bas de l'escalier. Une vingtaine de personnes assises sur des chaises droites le long des murs s'intéressèrent aux arrivants, du coin de l'oeil. Prunelle et Raviluc trouvèrent deux chaises de bois près de la distributrice de Coke, sous une fenêtre.

- C'est ben pour dire... la vie tient à rien... hein monsieur Dan? chuchota un petit homme aux lunettes épaisses, épaisses.

- Ben oui père Hibou... une femme dans la force de l'âge, qui a même pas eu le temps de se reposer de toutes ces années d'ouvrage...

- Une femme capable pis avec ben du caractère itou, renchérit le petit vieux myope...

- Ça c'est certain... pour élever tant d'enfants jusqu'à l'Université, ça prend des bons bras pis d'la confiance sans bon sens dans l'instruction!

- N'empêche que c'était pas une sainte non plus, Dieu ait son âme pareil... parce qu'elle en a fait vivre des bonnes au défunt Yvon! rajouta le père Hibou, goguenard.

- Vous voulez dire quoi le père?

Le petit homme s'éclaircit la voix tout en s'assurant d'un regard circulaire qu'on suivait la conversation; il repoussa ses lourdes lunettes jusqu'à la naissance de son nez et composa le sourire de celui qui ne révélera que le centième de ce qu'il sait.

- Un jour que la pluie, le vent pis l'tonnerre mani-gancent un gros orage du diable, j'étais avec le défunt Yvon... Dieu ait son âme... v'la que l'Yvonnette se met à craindre pour les animaux... a disait qu'i' deviendraient trop narveux rapport aux éclairs pis aux roulements de tambour, pis qu'i' prendraient panique dans l'étable... assez pour se blesser pis même s'as-sommer de contre les piliers d'l'écurie... c'était son idée à l'Yvonnette... a était comme ça, elle...

- Pis après? l'encouragea monsieur Dan.

- Ben ça fait que l'idée de calmer les animaux lui entre dans la tête pis qu'elle s'met à tourner en rond dans la cuisine d'été en aspergeant les fenêtres d'eau bénite pour protéger sa cabane de contre la foudre qu'a disait... elle arrosait toutes les pièces comme ça... pis en entrant dans l'salon où que je jouais aux cartes avec le défunt, elle a crié: "Yvon, je l'ai!"... pauvr'Yvon... lui qui avait d'la misère à porter ses propres culottes, vous pouvez imaginer qu'i' est allé vite se parquer amont sa moitié! haleta le père Hibou.

Le conteur tira une bouteille verte d'une poche de son imperméable plein de boue et il la porta sous sa mince moustache pour boire une bonne lampée d'un liquide doré, mousseux et suspect.

- Ça fait qu'elle lui dit: je veux que tu sortes le piano... pis que t'ailles faire la musique aux bêtes... ça va les calmer pis les empêcher de se faire mal.... ça pas de bon sens, qu'il lui dit, le piano, c'est le seul héritage de ma mère, avec la pluie qu'il fait, tu vas l'ruiner ... mais l'Yvonnette quand elle a quelqu'chose dans la tête, elle l'a pas dans l'coffre à jouissance... s'cusez mesdemoiselles... ça fait qu'on a dû se mettre des coats de pluie, des saouests pis habiller le piano d'une nappe cirée... de peine et de misère, on a installé le fardeau dans la charrette pis poussé jusqu'à l'étable en sacrant rapport à la mouille dans la face pis la bouette sur notre linge... y tombait des cordes monsieur, comme rarement... on a fini par placer le piano dans l'écurie pis là, la défunte a vu à ce que le défunt joue tous les airs qu'il connaissait... la musique, ça calme les bêtes à cornes, qu'elle a répété jusqu'à la fin de l'orage... pis l'Yvon jouait lentement des airs de la Bolduc, pis de l'abbé Gadbois...

- Me semble de l'voir, l'Yvon, sur son beau piano noir dans l'allée de l'étable... à trouver des musiques pour calmer ses vaches pis ses veaux pendant qu'la pluie varge sur la couverture de tôle pis qu'i' met d'la marde sur les pédales de son seul héritage... pauvr' Yvon... cré Yvonnette va... c'était du ben bon monde! conclut monsieur Dan en souriant, nostalgique.

- C'était pas du monde fou comme leur voisin! relança le père Hibou, pour intriguer le fumoir.

- Vilmont Leblanc? vérifia une tête de commère.

- Ben oui, souffla le père Hibou, celui qui s'vantait de tuer les boeufs avec ses poings à l'abattoir de l'armée canadienne, pis qui reconnaissait son capitaine dans tous les pilotes d'hélicoptère survolant Grande-Rivière... mais i' était pas dangereux... moins que son cousin Régis en tous cas pis que sa femme Fatima... eux autres qui battaient leurs enfants à coups de manche à balai pour qu'i' respectent les virgules de la Bible... pis ces pauvres enfants qui avaient peur de la noirceur pis des déguisements de l'Halloween... i' les ont fait virer fous ces enfants-là à force de coups de hart dans les jarrets, pis de torchons par la tête...

Le père Hibou brandit sa fiole du liquide doré, se servit et continua: - Mais elle la Fatima, i' paraît qu'l'été elle devenait en chaleurs sans bon sens, pis qu'elle couraillait son Régis dans les veilloches de foin pour qu'il y donne son calmant... ça s'peut-tu... imaginez monsieur Dan, une belle créature qui vous courrait après... du même côté de la clôture que vous... en plein soleil du Bon Dieu... pour faire suer son corps..., s'énerva le père Hibou, c'est d'valeur que ma vue est tombée si vite pis qu'i' ont une carabine à maison... parce que j'aurais pas haï salir mes lunettes dans c'te champ de foin là moé...

- Excitez-vous pas le père, dit monsieur Dan, bien au fait de la réputation de voyeur du père Hibou, on s'éloigne de notre sujet.

- Ben oui, jeta le père Hibou, après une autre gorgée, j'sais pas si j'vous ai raconté ça monsieur Dan... l'Yvonnette... pour vous montrer son caractère... j'pense pas que j'vous l'ai conté... i' a ben dix ans de ça... j'me promenais dans les Quatorze pour me distraire... vous savez c'que j'veux dire... j'avais entendu dire que les deux plus grandes à l'Yvonnette, elles étaient pas mal dégênées pis naturelles... des filles de même, ça s'lavent souvent monsieur, pis c'est beau pis ça me distrait ben gros... vous me suivez?

Le père Hibou enleva ses lourdes lunettes encore une fois pour essuyer une larme qui perlait au coin de son oeil. - Ça fait que j'rôdais autour d'la maison... i' faisait noir... tout allait bien... j'pouvais pas m'empêcher d'imaginer le spectacle de belles filles derrière une maudite toile... ça fait que j'monte sur la galerie... avec mes souliers de crêpe i'a pas de danger... j'peux frôler une chatte enceinte sans qu'elle s'en doute... c'est vous dire... pis là j'étais sur la galerie vis-à-vis une fenêtre aux rideaux mi-clos... ben du bon sens que j'me dis... pis v'la t'i' pas que j'entends des rires... clairs comme d'l'eau de source monsieur... des rires à double sens... ma pétaque veut sortir prendre de l'air mais j'prends quelques bonnes respirations pour qu'elle toffe la run... pis j'm'installe devant la fenêtre d'la salle de bain des joyaux à l'Yvonnette...

- Pis c'était-i' beau, l'père? questionna monsieur Dan, au nom de tous les hommes attentifs aux propos du voyeur.

- J'l'ai jamais su baptême... un orage de pisse pis d'crottes m'est tombé dessus... ça sentait l'yable... j'voyais pu rien... j'étais trempé... j'suis tombé en bas d'la galerie, j'ai perdu mes lunettes... j'les ai retrouvées par miracle... pis là j'l'ai vue la tabarnouche d'Yvonnette qui riait dans la lucarne du premier étage, un pot de chambre vide dans les mains... cré défunte Yvonnette... j'l'oublierai jamais... du ben bon monde mais un caractère trop prime à mon goût, conclut le voyeur myope en quittant le bord de sa chaise pour s'adosser plus confortablement.

Raviluc avait écouté avec amusement le récit du vieil Olivinois. Au haut de l'escalier, Yves-René annonça un dernier chapelet avant le voyage à l'église. Tous allèrent s'agenouiller dans la salle où Grangalope égrenait déjà les cinquante ave de l'exercice. Un fils Pinel provoqua le crescendo des reniflements et des soupirs quand il referma le cercueil. On reculait vers la sortie en promenant un mouchoir sur son visage ou en se boutonnant avec une application exagérée. La tante Yvonnette, avec toutes ses pièces florales, ses cartes mortuaires et tout et tout, prit place dans la limousine de la maison Raoul-Isidore Pinel.

Le cortège des voitures suivit le corbillard jusqu'à l'église de Grande-Rivière. On ne s'arrêta qu'une fois, pour prendre une crème glacée, au bas de la côte à Johnson. Discrètement. Le curé Brière et les deux servants de messe patientaient depuis vingt minutes quand les porteurs laissèrent choir le cercueil d'Yvonnette Dubé dite Lambert aux pieds du célébrant. Prunelle avait encore le roulis du train dans les membres et Raviluc son regard perdu. Ils prirent un banc à l'arrière de l'église et se confièrent leur faim. Le pasteur dut les entendre qui écourta son laïus de circonstance. Moultes allusions à la brièveté du destin terrestre, deux références à la charité bidirectionnelle et le paradis à la fin des jours constituèrent l'essentiel de ses propos.

Lorsque la défunte repassa près de leur banc, en route vers le cimetière, Raviluc chuchota à Prunelle:

- Fais-moi penser demain d'aller au presbytère de Sainte-Olivine, pour Memère, OK?

17.

Le vieux cimetière partait de la route et s'arrêtait au bord du promontoire, au-dessus de la mer. Comme les marées le mangeaient sans cesse, on avait dû un jour, transférer dans un nouveau lieu, plus loin de l'eau, les cercueils à demi déterrés, sortis du flanc de la falaise... On avait conservé à l'emplacement, pelouse bien entretenue et terrain sans usage, le nom de "vieux cimetière". Comme on se rappelle d'un beau cheval mort, non pas qu'il fut beau, mais qu'il soit mort.

Un homme travaillait un jardin devant le presbytère en même temps qu'une adolescente peignait les lattes entrecroisées du balcon. Ça sentait le cèdre et la terre retournée. Raviluc referma derrière lui une porte grillagée et salua le jardinier, à genoux devant un sac d'engrais. Il sonna et regarda, sur sa gauche, l'église en pierres roses: la nouvelle église. La précédente, de bois sec et gris, avait été remplacée parce que ses craque-ments sabotaient les sermons du curé. À sa démolition, chaque paroissien - en règle avec la dîme - avait reçu un bout de prie-dieu.

Un bruit de talons traînards et la porte s'ouvrit.

- Oui? fit une femme en tablier.

- Je voudrais voir le curé, madame! sourit-il.

- Aviez-vous un rendez-vous, monsieur?

- Bien non... j'arrive... j'ignorais qu'il le fallait... je m'appelle Raviluc...

- C'était rapport à quoi votre visite? fit-elle, curieuse.

- J'aimerais que monsieur le curé m'aide à retrouver des papiers... d'une terre dans le rang... la terre de Memère... mais j'aimerais mieux lui conter ça à lui-même le curé... sans vous offenser madame...

- Ouais, monsieur le curé est pas icitte dans le moment, fit sèchement la servante, il est parti à la pêche de bonne heure à matin sur la petite Sainte-Olivine!

- Ah! bon, je suis pas chanceux... mais entre vous et moi madame... la saison de pêche est pas ouverte officiellement me semble!

- Les voies du Seigneur sont impénétrables monsieur... vous reviendrez! conclut-elle, refermant résolument la porte du presbytère. Pour une fois qu'il avait vraiment besoin d'un homme d'Église.

18.

Ils quittèrent le chemin du rang pour un sentier envahi par les harts rouges et les sorbiers nains. - C'est la terre! chuchota Raviluc. Prunelle l'accompagna encore quelques enjambées puis le laissa avancer seul jusqu'à une croix et des pierres blanches dans un carré sommairement clôturé. Le regard de Raviluc remonta le champ jusqu'aux premiers trembles, derrière la butte, au bout de la terre. Une légère brume coiffait les bâtiments, auréolait la colline. Sur un piquet de clôture, un rouge-gorge coquelina. Le silence n'était plus pareil. Et un vent plaintif, ça s'entend... *La vie est difficile / La peine est peine partout / L'argent est dans la ville / La mort a plein de trous...*

- Ni Gérard, ni Jean-Guy, ni Rémi ne me trouveront ici... le poulailler: c'est la meilleure place pour une embuscade... bien meilleure que la grange et la porcherie... le poulailler, personne n'ose y entrer, à part mon cousin... y a trop de puces qu'ils disent... ça fait que je vais les attendre ici les gars, pis si j'en vois un, il est mort certain, sans pouvoir même protester!, songe Raviluc, en extirpant un revolver de bouleau d'un étui de carton passé sous sa ceinture. Il attend le coeur battant, sous les poules juchées au-dessus de sa tête, dans la pénombre malgré l'après-midi, tellement les fenêtres sont petites et rares. - Pow! pow! t'es mort... je t'ai vu le premier! crie-t-il sans se montrer à Gérard-à-Gisèle tout piteux. Puis il marmonne: - Faut que je me méfie de Roger-à-Jos-Giroux... depuis que les filles du couvent murmurent qu'il a de belles babines et des cheveux doux, il joue plus au cow-boy comme tout le monde... il va finir par blesser quelqu'un avec son maudit arbalète pis ses flèches de bois dur... en attendant, je risque rien ici, le poulailler, c'est la meilleure cachette... mais faudrait que les gars se découvrent au plus vite sinon les puces vont m'arracher la peau! Enfin, derrière les carreaux étoilés par les araignées, la brume bouge... *Le poing est l'arme ultime / Les mots pas assez forts / La force est légitime / Pour faire tourner le sort...*

Une camionnette gravit la butte du brouillard. Le Bonhomme conduit et Raviluc réussit à se tenir debout derrière, malgré les cahots et l'imprévisible trajectoire. Une caisse de bouteilles brunes voyage à côté du chauffeur. Par la lunette arrière, l'adolescent observe son père changer d'embrayage et de bière. La vitesse emprisonne les mouches noires dans la masse de ses cheveux. Il a les yeux pleins d'eau à cause du vent qui lui coupe la tête au-dessus de la cabine.

- C'est encore elle, la tabarnaque... j'l'ai pourtant avertie la crisse! gueule le conducteur pendant qu'il accélère. Raviluc se cramponne au toit de la camionnette. En avant sur la gauche, une grosse dame en noir cueille des fraises avec ses petites-filles. - Tiens-toé ben mon garçon, crie-t-il par la vitre baissée, j'vais leur montrer c'est à qui c'te terre-là. Le Bonhomme pousse à fond l'accélérateur de la vieille Dodge qui s'envole. Les voleuses de fraises se réveillent, ramassent en catastrophe leurs pots et fuient vers le pâturage de Daniel Langelier. Le Bonhomme fonce sur elles, la machine furieuse. Raviluc entend les bouteilles vides qui roulent sur le plancher, tintinnabulent et heurtent les portières. La camionnette couche le foin dans son irrésistible lancée vers madame Zabeth et la bande des Cyr.

- J'vas la rachever la vieille câlisse! vocifère le

père de Raviluc en se rapprochant des fuyardes.

Les enfants, plus agiles, atteignent les premières la clôture. La camionnette arrive en trombe sur madame Zabeth qui implore, les bras en l'air; à l'ultime seconde, son père évite la grosse femme - pour pas cabosser mes ailes, dira-t-il plus tard - mais passe si près d'elle que le rétroviseur gauche heurte son bol de fraises qui s'éparpillent dans l'air en faisceaux roses. Raviluc se retourne pour voir la vieille dame porter une main à sa poitrine et claudiquer vers la rangée de piquets en injuriant sa descendance. De l'autre côté de la clôture, les petites-filles courent encore, abandonnant sans scrupules leur mémère asthmatique. Le temps d'un virage en U permet à madame Zabeth de trouver une brèche dans la clôture, d'y laisser un lambeau de robe et de se mettre à l'abri pour invectiver plus à l'aise le fou à Ferdinand.

Le Bonhomme stoppe la camionnette non loin d'elle, monte sur la cabine et lui crie à tue-tête: - La prochaine fois, ma vieille tabarnaque, tu vas laisser le dessin de tes fesses dans mon radiateur, vieille bénitière, maudite race de parasites! Et sautant dans la boîte de la Dodge, il murmure pour Raviluc: - Après tout, c'est vos desserts de l'été, ces fraises-là... *Il soulevait des tonnes / De morues et de bois / Savait mieux que personne / Comment jouer des bras...*

La terre laisse voir des cicatrices dans le sens des labours. Le samedi, il attelle le cheval à la charrue et longe le champ de monsieur Françoé, jusque vis-à-vis le tas de fumier. Tout petit derrière l'instrument, Raviluc commande la grosse bête d'un bruit de langue. Ses bras d'écoliers rivés aux mancherons, il dirige le soc dans la terre. Entre la grange et l'extrémité de la terre,

Raviluc va et vient cent, trois cents, six cents fois jusqu'à ce que le champ brunisse tout à fait. Les chardons se couchent sous la charrue. Il plaît à l'adolescent que la terre se retourne sur son passage et que les vers se tortillent à cause de lui. Cela le change des compositions françaises sur les saisons qui ne changent rien aux saisons ni à rien du tout.

Labourer à treize ans, ça calme les angoisses et ça donne le droit de parler au marchand général sans baisser les yeux quand il refuse de faire crédit à sa mère. Labourer à treize ans, ça donne l'allure d'un homme. Son pionnier de grand-père a défriché son lot jusqu'à la coulée, le plus loin qu'il a pu et Raviluc trouve longs longs les sillons. Après la coulée, c'est la descente vers le petit ruisseau au fond de la vallée, au bout des terres cultivées. Raviluc préfère les tracer les sillons plutôt que les remplir de patates germées, tous les six pouces, à journées longues... Labourer à treize ans, ça creuse l'appétit et ça ouvre la soif: - Wô! Nelly wô! arrête!, ordonne Raviluc à la bête écumante, maudites mouches... j'vais boire un coup d'eau sous le tremble... quand il fait chaud comme ça, j'aime quasiment mieux l'hiver... parce qu'en hiver on peut choisir sa température... chaud à l'intérieur, froid dehors... mais en été, pas moyen, chaud partout... j'aime autant l'hiver que l'été moi... oui j'aime autant l'hiver. *La vie est au village / L'argent est dans le bois / L'amour est de passage / L'avenir est dans les bras...*

La terre blanche. À cinq heures en février, l'obscurité est à son meilleur et les enfants sont à leur sommeil par-dessus la tête. D'un seul appel, le Bonhomme réveille Raviluc et Rémi. Une combinaison ouatée, un pantalon bouffant, une chemise de flanelle. L'odeur des grillades de porc annonce la récompense des lève-tôt. Ils finissent de s'habiller dans l'escalier "qui craque à la mort", comme disait le curé en visite. Le fanal suspendu dans l'écurie éclaire l'attelage de la vieille jument. Raviluc fixe les traits de babiche au bacul de la sleigh, Rémi arrive avec la boîte à lunch. Le Bonhomme range ses haches et son sciotte derrière le siège du traîneau. C'est sûr: les femmes doivent aimer les hommes qui se lèvent tôt pour couper le bois qui les tiendra au chaud...

À l'aube, ils sont déjà sur le lot à bois du Rang Quatre. À bûcher, ébrancher. Les épinettes noircies par le feu du dernier été s'enfoncent dans la neige; il faut au Bonhomme dix allers et retours de sciotte dans leur tronc pour qu'elles craquent et se couchent. Raviluc leur coupe les bras et Rémi tire leur carcasse jusqu'à la sleigh . "Lunch time!" leur lance le père vers neuf heures. Au-dessus du feu, Rémi fait le thé dans une boîte de conserve pleine de feuilles brunes. L'air froid des bois donne une saveur singulière aux sandwiches au fromage de tête et aux oeufs durs. Avec des allures de bûcherons chevronnés, Raviluc et Rémi cassent la croûte, en face de leur père. À cette minute, une complicité mystérieuse les unit tous et grandit les fils dans leur tête: ne font-ils pas un travail d'homme? Et puis, se lever en même temps que leur père - avant leur mère - ça donne de l'importance.

Puis se poursuivent l'abattage et l'ébranchage, sans traînerie. À deux heures de l'après-midi, Raviluc aide son père à ceindre de chaînes les épinettes abattues. Une fois les troncs solidement assujettis à la sleigh, le Bonhomme grimpe sur le voyage de bois et commande à Nelly: - All aboard, guidiup mon cheval! Debout sur les patins arrière, Raviluc et Rémi mettent le pied sur un té métallique pour qu'il racle la neige durcie et ralentisse ainsi la charge dans les descentes abruptes. Le soleil a fait baisser la température avec lui, derrière les montagnes. Les adolescents ajustent leur tuque et souhaitent que le retour se fasse bien, pour éviter au Bonhomme les contrariétés qui le font crier et qui suscitent la crainte dans la poitrine des fils.

La neige est collante par bout et fatigue Nelly. Mais un cheval, c'est plus fort qu'un homme: c'est pour ça qu'on le garde, c'est pour ça qu'on lui donne à manger même quand il ne travaille pas. La neige est plus collante qu'elle n'y paraît et la vieille jument trouve son souffle court. La côte à Jos Giroux reste encore à gravir. Et c'est au bas de cette montée qu'il s'écrase l'animal, les naseaux en feu, la neige jusqu'au ventre, sans point d'appui pour tirer. Et c'est là qu'il commence à tempêter le Bonhomme pour faire bouger Nelly. Tout un voyage de bois si loin de la maison.

- Envoye ma câlisse avance! Le fouet dans les jarrets et dans les reins lui fait trouver ses forces. - Envoye toé, pis débarquez vous autres! Nelly plonge dans son collier. Le manche de hache dans les flancs. Elle se lance comme une folle vers l'avant, de tous ses muscles, de tout son poids, de toute sa peur: la charge de bois n'avance pas d'une bûche... Nelly se bleuit l'encolure, Nelly s'élance comme une forcenée entre les menoires et casse les traits... un attelage flambant neuf... il commence à faire brun... la fatigue... le coeur leur saute dans la poitrine... Nelly écume de la gueule, de la croupe et des hanches... le Bonhomme en furie... ses cris... envoye envoye... les coups de manche de hache dans les mâchoires, au poitrail... l'enfoncement de la sleigh dans la neige mouillée... rien à faire... la jument qui pisse sur le bacul... impuissante... les traits rompus... c'est la dernière fois qu'a m'fait ça elle... le Bonhomme écume... la hache monte dans les airs et descend si vite que Nelly coule rouge sur la neige, un oeil déjà fermé... un autre coup de hache dans la gorge de Nelly et Rémi geint... c'est la dernière fois que tu m'fais ça toé... le sang se mêle aux poils, à la neige, à la pisse... une plainte et des grands soupirs jamais entendus... ben bon pour toé ma câlisse... Raviluc serre les mâchoires, quelque chose casse en lui... il enregistre la peur.... celle qui fait craindre sans raison et celle qui donne raison d'avoir craint... comme un héritage maudit... il ne sait pas encore que c'est pour toujours... la tête de Nelly tombe sur le côté, par-dessus la menoire droite...

Des spasmes agitent les flancs de la jument, son oeil gauche reste ouvert et fixe. Le Bonhomme s'est assis sur le bacul, tout essoufflé. Il a un filet d'écume à la lèvre inférieure et des yeux creux qui regardent ses fils: - C'était la dernière fois qu'a m'faisait ça, la tabarnaque!, murmure-t-il entre ses dents. Ses fils regardent ailleurs.

19.

La nouvelle avait fait le tour du village en un rien de temps: le loucheux à madame Rose avait été découvert pendu dans sa grange. Les gens se débarrassaient de leur nervosité en spéculant sur les motifs du disparu. Pour les uns, "Grand-Fade" - comme on l'appelait vu sa taille et sa discrétion - se serait fatigué des quolibets dont on l'affublait à cause de son strabisme remarquable, pour d'autres, il n'était pas bon que l'homme vive seul si longtemps avec sa mère. Mais pour la grande majorité - dont Marie-Rosita - ils étaient bel et bien en face d'un accident de non-travail... Le chômage de la région aurait entraîné le découragement de Grand-Fade. "C'était pas dans son caractère de tuer le temps!" ajoutaient ses anciens compagnons du Moulin.

Sur le perron, Marie-Rosita posa le journal qu'elle n'arrivait pas à lire, salua Raviluc et fit la connaissance de Prunelle.

- Pauvre madame Rose... une descendante de défricheurs... comment qu'on va faire pour donner de l'ouvrage au monde d'ici... tant de chômeurs en plein printemps, ça n'a pas d'allure... si les jeunes partaient pas vers Montréal ou l'Ontario, les chiffres seraient plus graves... !

- La dépendance économique et la dépendance tout court, c'est tellement proches..., opina Prunelle.

- Grand-Fade était fiable et fort et fier: ça se peut qu'il se soit découragé, qu'il ait pas pu supporter plus longtemps de chercher de l'ouvrage sans en trouver. Y a jamais tant eu de sans-emploi! Tiens justement l'an passé, le Gouvernement a émis pour plus de trente millions de dollars en chèques pour l'aide sociale dans notre région... on nous dit que l'industrie prend du mieux... les pêcheurs gagneraient mieux leur vie, mais il y en aurait moins qu'avant... c'est vrai que les usines de transformation en ont accueilli pas mal à Rivière-au-Renard pis à Grande-Rivière... tant que nos cordiers pis nos chalutiers trouveront des mollusques, des crustacés, du poisson de fond pis tant que Brigitte-manque-un-Bardot partira pas en croisade contre les pêcheurs de crabes aux si beaux petits yeux, on est bon pour vendre nos prises en Europe encore un bout de temps, j'espère!

Grangalope sortit offrir une bière aux jeunes gens. Seul Raviluc accepta l'offre. Le vent s'était levé.

- Puis les fameux emplois saisonniers, reprit Marie-Rosita, ... avant qu'il conduise un vingt-tonnes à Murdochville pour la Gaspé Copper, mon chum bûchait... mais travailler six mois par année, ça le démoralisait la moitié du temps, Jean-Marcel... ah! peut-être que si on était du comté de Bonaventure, l'agriculture l'aurait tenté, mais par ici la tendance est à l'abandon des terres... les gens cultivent plus... ça leur prend tout pour faire un potager... pour le moment, il aime autant la mine, Jean-Marcel... on se voit juste les fins de semaine...

- J'ai lu dans l'Histoire de la Gaspésie que l'élevage avait progressé au détriment de la culture...

- C'est vrai qu'on entend souvent parler de troupeaux de vaches laitières, de vaches à boucherie, d'élevages de moutons, de lapins, pis même de visons-machère... il paraît que le ministère de l'Agriculture et l'Union des producteurs agricoles favorisent vraiment l'élevage, conclut Marie-Rosita.

Elle ponctua sa conclusion d'un sourire et Raviluc en voulut savoir le motif. - Oh! je pensais à mon frère... ce serait son rêve à lui, Yves-René, l'élevage... il a hâte de revenir pour de bon de la Baie James vivre sur une ferme... mais j'ai pas la moindre idée de quelle bibitte il veut faire l'élevage!

Raviluc ne perdait pas un souffle de la conversation. Ils furent distraits par les exclamations d'un demi-cercle d'enfants commentant la découverte d'un rouge-gorge blessé. Une aile brisée empêchait l'oiseau de s'envoler et d'éviter les mains enfantines.

- Faut pas rêver à trouver de la job dans sa cour non plus, reprit l'étudiante, j'ai pas idée jusqu'où il a cherché le pauvre gars à madame Rose... j'ai une amie infirmière qui vient de postuler à l'hôpital de Sainte-Anne-des-Monts, à celui de Maria, à celui de Chandler évidemment, pis à l'Hôtel-Dieu de Gaspé... poster des CV vous fait approfondir la géographie du pays... ou bien fermer des villages... c'est comme ça que le monde a connu Saint-Octave-de-l'Avenir, Saint-Paulin-Dalibaire, Sainte Bernadette, Penouil, Saint-Nil... y a pas si longtemps... la région a connu des grands moments d'unité dans ces temps d'expropriations: y a rien comme un ennemi commun pour cimenter la solidarité... aujourd'hui la pauvreté est civilisée... il y a plein d'organismes pour se battre à notre place dans les colloques, les sommets puis dans le temps des élections... plein d'organisations et d'animateurs-douze-semaines-pour-les-timbres... et puis on ressemble plus à tout le monde qu'avant... faut le dire: pêcheur-cultivateur-bûcheron, c'était une drôle de vie... faut savoir ce qu'on est, ce qu'on veut... ensemble autant que possible... c'est dur encore de se le dire... à cause des distances, j'imagine qu'il faut crier plus fort... on est si loin des caméras puis des micros... à part Coffin et Moïse, il y a sûrement des gens d'ici capables d'intéresser les journalistes de Radio-Canada, sans leur faire honte devant le monde...

Prunelle et Marie-Rosita sourirent et rentrèrent souper, à l'invitation de Grangalope. Raviluc finit sa bière avec une grimace tant était amère la dernière gorgée... Le rouge-gorge à l'aile brisée bougeait encore.

La nuit était tiède. Dans la chambrette, un crucifix phosphorescent résistait encore à l'obscurité. La lune entrait par la lucarne et Prunelle l'observait croissant sur le mur. Près d'elle, Raviluc n'avait pas davantage la tête au sommeil. Il jonglait aux propos de Marie-Rosita.

Ce portrait de son village natal, de sa région d'origine le troublait. En même temps, son détachement cultivé des choses empêchait le malaise de trop peser. Ces sentiments contradictoires éclairaient son inconfort, son regret relatif. Le visage de sa grand-mère passa derrière ses yeux. Pour la première fois, aussi clairement, il relia au village de Sainte-Olivine le désarroi qu'il vivait depuis des semaines. Raviluc se retourna: il n'était pas confortable dans ce lit-ci...

Comme pour danser. La danse est un petit voyage. Le premier pays, c'est le corps. Le plaisir de se visiter soi-même. L'être à l'aise avec l'air de sa chanson, avec l'air de ses haltes routières. Se reconnaître avant de se connaître. Fallait-il vouer quelque reconnaissance aux lieux et milieux d'incubation? La Gaspésie: qu'y avait-il de gaspésien en lui? Serait-il autre s'il ne l'était pas? Qu'avait-il d'acadien, d'irlandais et d'amérindien en lui? Que devait-il à son village? D'abord, devait-il quelque chose à qui que ce soit? La Péninsule était-elle à son passif, à son actif? Que lui avait-elle donné et qu'y avait-il pris? Devait-il faire "quelque chose" pour son village, pour la Presqu'île gaspésienne et pour l'île québécoise. Oui ou non. Demain. Ici ou ailleurs. Lui. Eux.

Il se réjouissait que Prunelle l'ait accompagné. Elle le liait à son monde familier, elle était l'étoile polaire de son ciel. Il l'aimait douce et la sentait tendrement volontaire. En équilibre conscient. Il lui sourit pour lui seul. Dans la chambre à lucarne, la lune blanchissait les bras nus de Prunelle. Qui ne dormait toujours pas. Qui s'inquiétait du visage fermé de Raviluc ces temps-ci. Peut-être avait-il autrement besoin d'elle.

Demain, ils repartaient. Après, ils seraient seuls. La nuit fit sortir la lune de la chambre pour laisser toute la place au repos.

20.

Deux barges dormaient côte à côte, un grand filet remonté jusqu'à leur proue. La Baie des Chaleurs écumait la plage de Paspébiac. Le ciel avait plein de trous étoilés et la lune roulait en éclaireur en avant des gros nuages. La tour de CHNC coupait verticalement l'ouest de pointillés rouges. Se tenant par la main, Prunelle et Raviluc goûtaient la solitude du quai.

Parfois, l'un troublait le silence de la promenade pour noter les senteurs marines. Ou pour montrer à l'autre le balancement d'un mât dans une flaque lunaire. Ils longèrent les anciens magasins de Charles Robin et remontèrent l'asphalte jusqu'à la route nationale. Raviluc serra plus fort la main de Prunelle qui sourit à la marque d'affection.

Le trottoir coupait le foin à dix pieds de la route entre Paspébiac et New Carlisle. La brillance des phares d'autos faisait baisser les yeux des promeneurs. Partout, le doux de la mer salait la soirée. De grands peupliers guidaient le chemin du roi, leur feuillage percé de lampadaires. Le coeur étrange, Prunelle et Raviluc sentaient venir quelque coïncidence d'instincts. Il mit son bras autour de ses épaules, elle abandonna sa tête sur sa poitrine. Ils dépassèrent, enlacés, le restaurant Au Coq tendre. L'ouest du village avait l'obscurité plus étanche et ils voulurent en profiter.

Leur dialogue: Je te serre pas trop fort? Non... je suis bien! Tes cheveux sentent la jasminelle de printemps! Merci... je connais pas cette plante... C'est une fleur que j'ai inventée pour ton parfum particulier...

Depuis longtemps la rumeur villageoise s'était tue et la nuit se préparait une nuit calme. Raviluc respira la chevelure de son amie pour s'imprégner de l'essence rare de la fleur imaginaire... Prunelle lui caressa tout doux la nuque et lui, se réjouit de la fièvre dans ses mains. Elle l'attira vers elle: ils trouvèrent leurs lèvres en même temps. Ils se goûtèrent sans hâte ni brusquerie. Le commerce des salives prospéra longtemps. Ils occupaient le trottoir. Maintenant, une brise charriait l'odeur du foin et des pissenlits jusque dans la mer.

Sous ses doigts, Raviluc sentit les frissons courir dans le cou de Prunelle; elle le convainquit pourtant, d'un certain sourire, qu'elle n'avait pas le moindrement froid. - Je suis léger que tu sois là! pensa-t-il lui dire. Toujours enlacés, ils gagnèrent la noirceur et le silence. Un seul corps, un seul rythme. Sur la droite, se profila l'Anglican Church derrière un écran de peupliers. Le couple poussa une grille avant de se retrouver sur le perron de la petite église de bois blanc. Des pierres tombales couvraient toute la cour ouest et sud de l'humble bâtisse.

Une allée partageait le cimetière en deux. Prunelle enleva ses souliers et ses pieds foulèrent le gazon fraîchement coupé entre les blocs de granit. La nuit sentait bon et l'air gardait encore des vestiges de la chaleur du jour. À la lueur d'une allumette, Raviluc lut les noms gravés sur les pierres grises aux pieds de mousse. Justus Sherwood. Félix O'Hara. Isaac Mann.

John Gowler Thompson. Ella Finlay. Samuel Holland. John Flowers. Nicholas Cox. La flamme mourut et lui tomba dans l'herbe tiède. Les nuages faisaient apparaître, puis disparaître la lune comme les magiciennes font des lapines.

Prunelle posa son sac contre un monument funéraire et vint s'allonger près de l'homme immobile au sol. Ils turent les paroles qu'ils savaient à l'avance, imparfaites. Se tinrent les doigts, écoutèrent le silence se densifier de la musique des émotions. - Es-tu fluide comme je le suis? pensa-t-elle lui demander. Il lui offrit son avant-bras pour oreiller. Raviluc perdit ses yeux. Couché sur la terre, le temps remontait mieux son cours... Sainte-Olivine, l'école du rang, la maison de bardeaux chaulés, le drame, le feu, la cicatrice. Chandler, la grande école, les exhalaisons soufrées du moulin. *Si fier de sa marmaille / Si fou quand il est saoul / Il pleure quand bébé braille / Il rit quand bébé joue.* La métropole, les calèches du Mont Royal, le Parc Lafontaine, les tables de pique-nique dans le bain de teinture, la parenté urbanisée jusque dans ses dimanches, les études vaille que vaille. *Le coeur est à l'ouvrage / L'argent monte un bateau / L'amour meurt en voyage / D'argent sous le manteau.* Rimouski, la Société, le travail du feu toujours, Prunelle, la tendresse et le goût de marquer la terre de quelque grafignure.

Il se tourna vers elle et son sourire ralluma sa vue. Frôla sa joue d'une main brûlante. Elle colla ses lèvres contre ses tempes avec une précipitation qui le ravit. Une chaleur diffuse se chercha dans la poitrine de l'homme et sa tête de l'instant trouva la sérénité qu'il appelait. Raviluc lut une heureuse tension entre les paupières mi-closes de Prunelle. La terre exhalait des parfums de pissenlits, d'herbe et de rosée. Seuls la lune et le fanal électrique de la petite église troublaient les ténèbres. Ils s'embrassaient les lèvres et les yeux et les lèvres. Elle prenait sa tête dans ses mains, suivait fébrile le sillon de sa balafre. Redessinait son visage. Ils se murmuraient des mystères, ils n'avaient pas envie de changer le silence.

Les doigts de Prunelle sous sa chemise firent s'étirer Raviluc comme un matou au printemps. Il libéra sa main droite et suivit de très très près le corps de son amie. Elle se blottit rondement contre lui et leur santé afficha ses couleurs. Il respirait dans ses cheveux. - Ah! que j'aime la jasminelle du printemps!, soufflait-il. Il effleura ses seins, attentif aux désirs qui s'émeuvent. Les mains ouvertes, Prunelle voyageait dans son dos. Les phares d'une voiture allumèrent la façade de l'Anglican Church, une éternité durant.

Il avait défait sa blouse, elle avait ouvert sa chemise. En profitèrent pour marier leurs épidermes. Dans le cimetière du village. Les ceintures, la danse, l'enquête, la Baie des Chaleurs. De deux sculptures mortuaires, ils firent la tête et le pied de leur lit d'herbe. Prunelle s'accrocha, les hanches convulsives. Raviluc trouva son regard: il aimait la voir le regardant pendant qu'elle l'appelait, pendant qu'ils s'accordaient, pendant qu'il veillait le plus tard possible en elle... Les ceintures, les trouvailles, les yeux pleins d'étoiles, la voie lactée. Longtemps, ils abusèrent de la marée montante dans leurs veines, ils fêtèrent le mois de mai dans la rosée nocturne jusqu'à l'eau des aisselles. Nuit blanche au cimetière phosphorescent, des nouveaux dieux sur des croix électriques. Quand la femme eut aspiré toute la chaleur du monde dans ses membres et quand l'homme eut rendu l'écume à la mer, la marée descendit d'elle-même dans leurs yeux.

Prunelle, en boule, retenait les atmosphères de

son corps. Adossé à la tête granitique du lit, Raviluc retrouvait à pleins poumons l'air tranquille de la nuit. Il remarqua que l'enseigne au néon du Coq tendre animait par à-coups les vitraux de l'Anglican Church. Il s'ancra à la main de Prunelle. Il frôla l'herbe humide, arracha le gazon jusqu'à la terre, creusa la terre de son majeur. La lune versa sa lumière fluide dans le trou. Des dizaines de squelettes centenaires dormaient, les phalanges flottantes entre les fémurs. *La vie leur perd des mailles / Aux vieux qui vont partir / La terre est lit de paille / Le temps est à dormir.* De nulle part, une chorale offrait le Requiem de Chérubini et le concert des voix acheva de dénouer ses nerfs. Raviluc prit une poignée de terre rouge et pleine de poudre d'os. Il la lança dans l'air de la Gaspésie de l'autre bord de la clôture de fer.

Il allongea ses jambes, se mit à l'aise entre les deux sculptures funéraires. Il était amoureux de Prunelle. Elle somnolait, il était aérien et l'Anglican Church lui parut très petite. Il s'étira pour geindre d'agrément.

La nuit parlait au diable.

21.

C'était son jour de congé. Le parc de la gare l'avait accueillie tout l'après-midi sur un banc de bois. L'odeur des frites et la plainte des goélands l'avaient distraite de sa lecture. Prunelle avançait dans l'Histoire de la Gaspésie avec patience et plaisir. Parce que le soleil lui avait plu, elle n'avait pas regretté la fraîcheur du Colisée. Elle fredonnait un air quand Raviluc entra.

- Toute une journée sans patins aux pieds... pas ennuyée... ?

Elle avait marché dans le gravier, suivi l'arc du soleil entre les nuages... Avait respiré sans buée blanche, n'avait pas rétabli l'équilibre de trois fillettes à la minute... Elle avait hâte de retrouver ses élèves!

La conversation tourna vers le choix d'un métier. Prunelle dit:

- Je me souviens qu'à l'école j'aimais les sports... et le dessin... peut-être le patinage artistique marie-t-il mes goûts des sports et des arts... je vois pas d'autres explications... je me rappelle les cours de violon à l'é-cole... j'aimais ça mais c'était difficile pour les doigts... une chance que j'aimais la musique... ça m'a permis de tenir pendant quatre ans... et ça m'aide pour le choix des musiques de spectacle!

- Stimulant d'unir ses talents à ses goûts dans un même métier...

- Il y a les enfants... c'est pas toujours facile de voyager dans leur monde... ça me tiraille des fois... j'essaie d'être disponible pour partager leurs aventures, leurs inventions... sans jouer la complice à tout prix tout le temps...

Elle se tut et vint l'embrasser. Raviluc fixait la terre noire du pot de géranium. Il l'invita et ils se tassèrent dans le grand fauteuil. L'épaule de Prunelle accueillit sa tête. En silence. Souvent, ils connaissaient ces moments où la parole tarissait, où les gestes venaient à l'aide de la conversation; chacun s'amusait alors de la distance à vaincre avant de se toucher réellement, avant de ressentir la coïncidence de leurs univers, avant de partager réellement l'intimité de leurs mondes de feu, de vapeurs et de glace... Dans ces moments-là, ils éprouvaient une grande tendresse l'un pour l'autre, renforcée par leur impuissance à se dire tout à fait... Lui reconnaissait le refrain sans avoir rapaillé tous les couplets. De la chanson qui se chante et de celle qui se chantait... *La maison fond en comble/ quand l'amour brûle tout haut / La terre a tout son monde / l'amour en a-t-il trop?*

Une odeur de pommes de terre rissolées parfume la classe. Madame Fournier écrit au tableau et, de temps à autre, va vérifier, dans une pièce attenante, les progrès de la cuisson. Les belles lettres rondes s'alignent jusqu'à remplir entièrement l'ardoise géante. Raviluc rêvasse le long du mur opposé aux fenêtres. Ses yeux voyagent dans l'eau à force de suivre au tableau les arabesques manuscrites; les effluves de la cuisine le font saliver. Le vent s'invite dans le vieux couvent par les fenêtres de l'été indien et la mer se mêle de saler le ragoût de la maîtresse d'école. Quand la classe se vide vers les autobus, l'imposante madame Fournier roule vers ses casseroles de fer blanc. Seul, Raviluc hume les pommes de terre brunies. Longtemps le suit la trace sonore des écritures au tableau.

Dans la partie neuve du couvent, la plus jeune et la plus belle des religieuses fait de la musique. Le regard de soeur Frédérique le trouve pâle. Dans la pièce turquoise, elle frôle l'ivoire du piano. Elle enfile une à une les notes dans la mélodie, il marie les arpèges aux marées, il découvre une fête dans son village intérieur. Le visage lumineux de soeur Frédérique s'attire les yeux doux de Raviluc. Longtemps, la musique tourne dans sa poitrine et la rêverie s'accélère. Un jour béni, elle lui donnera une orange. *L'église est un navire / La peur embarque les gens / L'enfer est aux plaisirs / Le ciel est à l'argent...*

Il court derrière des ombres. Il s'arrête quand elles franchissent l'eau douce de son village. Par bonheur, une chaloupe fend les quenouilles et le cueille. Raviluc oublie la pluie et nourrit sa machine à écrire de papier imperméable. Les plombs crépitent autour de soeur Frédérique-du-piano-sorcier; les larmes acides des nuages perlent sur le texte précieux mais ne découragent pas l'écrivain. S'écrit aussi le conte des oranges avec la plus Frédérique des soeurs musiciennes: la récréation à la hauteur du ventre. Elle se lève toujours harmonieuse dans ses gestes et ses yeux de brume enveloppent l'adolescent-petit-rameur-dans-la-vie. Quand ses mains de lumière touchent la peau de Raviluc, il apprend l'extase... Le destin vertical, le vide dans la tête, le désir évanoui, un goût de limon sur la langue: il s'enfonce dans la mer jusqu'aux éponges. Dans sa vue, des poissons scie tatouent une génération de morues. Un signe cabalistique s'ajoute à chaque morsure; la dictée terminée, les scies de mer laissent les morues tatouées au bord de l'apoplexie. *La vie est un voyage / Les hommes sont passagers / L'amour a cent visages / Le coeur est étranger...*

Dans l'air, l'oppression cesse et sa poitrine retrouve sa cage habituelle. Le goût de l'eau lui a donné mal au ventre: Raviluc tourne sur lui-même pour distraire la douleur. Qui grandit et veut l'ouvrir. La porte d'une cabane de bardeaux chaulés bouge autour de ses pentures, au gré du vent. Il sent une chaleur lui prendre les entrailles. Raviluc vole vers la baraque dans le pré, il avance longtemps vers la porte ouverte, les mains sur le ventre. Il reconnaît les toilettes familières: il entre en

toute hâte et s'asseoit à la place des grandes personnes... Une senteur d'encaustique et de bois humide
flotte dans les toilettes à l'eau. Pendant qu'il se libère de
ses crampes, il parcourt les images qui couvrent les
murs de la cabane exiguë. On a tapissé l'intérieur de
bandes dessinées, de couvertures de catalogues, de
papier journal et de cartes de Noël. Accroupi sur le trou
des adultes, Raviluc se perd dans les spéciaux prin-
taniers de Eaton's, dans les manchettes d'avant-guerre,
dans les aventures d'Onézime et les frasques de
Philomène...

   La brise porte la nostalgie d'un piano jusqu'au
hublot de la cabane. Le cinéma baroque et la musique
linéaire achèvent de le calmer. Le piano bourdonne.
Venue de nulle part, une guêpe le pique à la fesse. La
douleur est si vive que Raviluc, brusquement, repousse
les couvertures et se masse le postérieur. Il prend conscience de sa respiration, se frotte les yeux et allume sa
lampe de chevet; il grogne et bâille avec plaisir. Il
reconnaît le mur épinglé de graffiti et les disques d'Érik
Satie. S'ébroue pour défaire le rêve...

22.

   Depuis midi, une ribambelle d'enfants animent de
leurs rires le parc de l'Hôtel de ville. Le soleil a devancé
tout le monde et diffuse si bien sa lumière qu'on ne
compte nulle ombre. Des employés municipaux fixent
aux lampadaires des ficelles de soie chinoise au bout

desquelles des ballons suivent les girouettes. Au fur et à mesure que le dimanche s'épanouit, la fête gagne la verdure.

L'herbe succède au macadam sous les espadrilles de Prunelle et Raviluc. Ils avancent vers un attroupement en se faisant petits, mais pas trop tout de même, de crainte de se perdre de vue... Des ah! ah! ah! gutturaux font se retourner les gens vers un grand clown aux cheveux verts. Ah! ah! ah! continue-t-il de s'égosiller, en tirant un téléviseur derrière lui. Le clown parvient au carré de gravier, juste devant la fontaine. Et pendant cinq minutes, il frappe de ses semelles et de ses poings l'appareil en laisse. Il l'a vidé de ses organes électroniques pour accentuer la résonance. Les enfants sont invités à lapider la caisse magique; dès qu'un caillou fait éclater l'écran, le clown s'en va, abandonnant la carcasse du téléviseur et lançant d'autres ah! ah! ah! cordiaux!

Trois oranges volent au-dessus d'une jongleuse vêtue avec bonheur d'une robe de mousseline. Un nain la suit qui joue du piccolo pour qu'elle se sente moins seule dans la foule. La gracile jongleuse compose des triangles isocèles, rectangles et scalènes de ses trois oranges qui mûrissent à vue d'oeil tant le soleil suit bien le show...

Un coup de vent subit rejette toutes les têtes vers l'arrière: c'est un complot de funambule sorcier pour attirer les regards. À la hauteur des cimes de sapins bleus, un homme en redingote bat des bras pour trouver son équilibre sur une corde de chanvre tendue entre les cous de deux échassiers. Ceux-ci se déplacent de côté en tirant de toutes leurs forces pour raidir la corde. Et le funambule va et vient dans le ciel pour les yeux ronds sous lui. La foule applaudit le clown, la jongleuse et le promeneur qui lui inventent un beau dimanche.

Soudain, des exclamations enfantines saluent la flamme d'un dragon sorti de nulle part. Torse nu et ceinture rouge, un homme noir au visage lisse crache le feu toutes les trente secondes. Il se tiédit la bouche en la rinçant avec de l'amiantine glacée. Après s'être séché les lèvres d'un morceau de coton, il approche une chandelle allumée de sa bouche et, la main derrière le dos, le menton en avant, il compose, en soufflant vers le ciel, une belle gerbe orange. Raviluc recule d'un pas. Le dragon répète la torche. Celle-ci apparaît plus vive, le temps ayant noirci. Raviluc trouve Prunelle plus jolie que la veille, avec sa robe bleu mer et ses cheveux sans ruban.

L'homme au torse nu reprend une lampée d'essence, s'essuie les lèvres et d'un geste théâtral rapproche la chandelle de sa bouche. La foule retarde son souffle. Quelque part, une corneille braille. Au moment même où le feu de la chandelle entre dans le halo volatile sous le nez du dragon, un petit homme sort des rangs et lui applique une grande claque dans le dos en criant comme un fou heureux: - Salut vieille branche, salut! L'autre tombe vers l'avant, suffoquant, ahuri et précédé de la plus longue flamme du jour. Si interminable et si violente qu'elle touche la robe de Prunelle...

Quand Raviluc la voit frapper des mains son vêtement en flammes, il impose à son coeur de reprendre ses battements. Le feu monte dans sa robe et Prunelle tourne sur place, incrédule. Elle ressent une douleur à la cuisse et commence à geindre. La plainte de Prunelle sort Raviluc de sa torpeur. Il bouscule tout le monde, boite franchement, trébuche sur le cracheur de feu, se relève et court tomber dans les bras de Prunelle ahurie. Il la prend dans ses bras et va se jeter avec elle dans l'eau de la fontaine. Un filet de fumée monte du bassin circulaire. Ils halètent. On fait cercle autour de la fontaine. Prunelle se met debout pour les rassurer. Raviluc enjambe le muret du bassin et soutient Prunelle jusque sous un peuplier.

- Je crois que j'ai une brûlure à la cuisse! grimace-t-elle.

Il veut l'emmener à l'hôpital. A mal pour elle. Se fait des reproches. Demande ce qui lui ferait plaisir. Tourne en rond. Le feu. Voilà que le sournois se déguise en clown. Le mal à brûle-pourpoint. Raviluc veut le tuer. S'inquiète du regard. Il étouffe en plein air. Prunelle, Prunelle. Que vient faire cette nocturne de Chopin dans son ciboulot? À contre-climat. Il a le réflexe de manger de la terre. Comme jadis. Le seul témoin du geste, un taureau de monsieur Françoé, n'avait alors manifesté aucune réaction de sympathie (l'animal) quand Raviluc avait craché de la boue rouge. Pourtant manger de la terre est un geste grave. Quand on n'en a pas beaucoup, qu'il faut la garder pour planter des érables de maison ou faire disparaître des racines de fleurs. Prunelle. Il voudrait l'emmener dans ce jardin d'automne qu'elle rêve de trouver à son réveil. Son coeur panique. Il aurait mangé de la terre pour elle.

- Ça va... je vais soigner ça toute seule... quand j'y pense: une robe neuve!

23.

Sans s'arrêter, l'autobus traversa le village de Baie-des-Sables. Quand il franchit la rivière Tartigou,

Raviluc posa son livre sur ses genoux. Il se rendait une autre fois à Sainte-Olivine, empruntant cette fois-ci, le côté nord de la Péninsule pour garder le fleuve à vue le plus longtemps possible.

La santé de Memère inquiétait ses quelques amis; la voix brisée, elle avait supplié son petit-fils d'accélérer ses recherches. "Grouille-toé le cul, baptême de baptême! lui avait-elle lancé précisément la veille, quand ils s'étaient croisés à la Grande Place. Pour la troisième fois, elle l'avait investi de la mission de retrouver la paperasse ancestrale.

Prunelle le rejoindrait quelques jours plus tard. "Sans ressentir comme moi le besoin de rallonger ton itinéraire, j'espère", avait échappé Raviluc. Le paysage matanais l'absorba. Grosses-Roches, Les Méchins. Le soleil tombait dans le fleuve et Raviluc s'étonna qu'aucune vapeur ne s'élevât de la ligne d'horizon quand la boule de feu toucha la surface de l'eau. Cap-Chat, Sainte-Anne-des-Monts, la pause. Ensuite, vu le progrès de la brunante et la vitesse du bus, l'air entra, plus frais, par la fenêtre. Le voyageur s'abandonna au demi-sommeil que les bosses de la chaussée et l'appel des villages rompaient sporadiquement.

À Gaspé, la nuit avait allumé des lumières tout autour de la Baie; la brise du large remonta le col de Raviluc. Au restaurant, il soliloqua sur ce voyage, humant un café noir: - Sacrée tête dure de Memère... elle est en train de me faire écouler mes vacances annuelles goutte à goutte... une vraie obsession... si au moins j'avais vécu plus longtemps à Sainte-Olivine, je comprendrais mieux l'importance de ces arpents rocailleux et de ces foutus papiers invisibles... on dirait quasiment qu'il manque un chaînon à sa vie... une preuve de son existence... elle donne l'impression d'avoir égaré ses pièces d'identité, son certificat de naissance... c'est ça qu'elle cherche Memère: sa carte d'identité... c'est fort la force du temps, l'appel de l'espace... elle est en train de m'embarquer dans ses histoires... ça m'intrigue cette transmission de la terre... est impatiente aussi: elle a peut-être raison de croire le temps contre elle Memère... il est bien contre tout... le temps au fond... contre moi aussi bien... pourquoi ces tensions... tous ces besoins qui couvent sous la peau, sous l'apparente tranquillité... toutes ces craintes du changement, tous ces freins à l'abandon... la hantise de la vulnérabilité dans la jungle profane... wô les moteurs, je dérape... réveille-moi café fort... faut absolument que je règle cette histoire-là au plus vite... faut pas virer fou avec ça, baptême... tiens voilà que je parle comme elle... manque juste le cognac dans mon café maintenant!

La route de Gaspé à Sainte-Olivine glissa plus vite sous l'autobus. Raviluc se sentait plus léger, tellement, qu'il se surprit à siffloter à l'entrée du village natal. Cette bonne humeur le ravit et c'est enthousiaste, qu'il sauta du marchepied, en face de l'église. Il embrassa chaleureusement Grangalope qui l'y attendait. - Salut tit-cousin, on dirait que tu prends l'habitude de venir nous voir... des années sans nouvelles pis plein de visites dans le même printemps... on s'en plaint pas !

Dans le village, on s'affairait aux premiers jardinets. En manches de chemises, des hommes bêchaient des rectangles potagers. Sur le chemin de traverse, seule la dentelle conifère sur le ciel l'intéressa. - Faut absolument que je rencontre le curé! annonça Raviluc à voix haute, en arrivant chez Grangalope.

24.

Se penchant par-dessus le parapet du pont rouge, Raviluc conclut que l'homme qui pêchait sur la rive droite de la rivière devait être celui qu'il cherchait. Le curé Croft lançait avec grâce sa ligne vers le centre de la Petite Sainte-Olivine. Les pas sur la grève ne le firent pas se retourner.

- Monsieur Croft... monsieur le curé Croft! l'interpella Raviluc.

Le pêcheur regarda par-dessus son épaule, sourit aux anges et se retourna vers la rivière.

- Dire qu'en plein vingtième siècle, il faut encore ruser pour s'adonner à ses passions loin de son prochain! dit le jeune abbé, enlevant sa casquette et la jetant sur son havresac.

La chaleur avait mouillé les cheveux du religieux. Chaque voyage de la cale et de l'hameçon dans l'air tendait les traits fins de son visage pâle.

- On m'a dit que vous étiez ici et vu que j'ai pas grand temps, je me permets de vous déranger, mais ça ne sera pas long... Je me demandais si vous pourriez m'aider à retracer les papiers de la terre ancestrale dans le premier rang de Sainte-Olivine, la terre de Aexande D... je m'appelle Raviluc!

- Salut, fit le curé, c'est la terre abandonnée à côté de celle à Monsieur Françoé? Pis vous, la terre, ça vous intéresse?

- ...

- Quand je suis venu à Sainte-Olivine, j'ai fait rédiger l'histoire de la paroisse, de ses pionniers, de ses habitants... ça sert toujours dans notre métier... vous êtes de quelle ville déjà?

- Rimouski mais...

- Ah! bon j'ai d'excellents contacts avec des pro-
fesseurs de l'Université du Québec... ont accès à bien
des logiciels... c'est des gens à connaître pour
économiser.... et les ordinateurs, ça vous intéresse?

- Bien... tout dépend des...

- Moi, les toqués du retour à la terre m'emmerdent
divinement... parce que j'admets pas qu'on veuille
encore vivre avec des animaux quand il y a tant de
sueurs humaines derrière les machines... on a réussi à
remplacer le cheval par le tracteur, la faux par la ton-
deuse, l'almanach par les banques de données, et dire
qu'il y a encore du monde pour regretter la crotte de
jument, la lecture à la chandelle, pour envier Louis
Hébert... et tout ce mouvement de recul, par seul puri-
tanisme, monsieur... l'attirance de l'Homme pour les
machins, oui oui la fréquentation des robots, c'est
encore tabou... en tout cas, moi, il y a pas une acous-
tique naturelle qui me ferait regretter la sonorisation
stéréo de l'église.

- Mais c'est pas pour l'habiter que je cherche les
papiers de la terre monsieur le...

- ... les gens qui regimbent contre les écrans
cathodiques, par peur de quelque Gros Frérot, renon-
cent au plaisir d'animer un cerveau... créer un programme fascine autant qu'inventer un jeu... c'est
bouleversant comme écrire le scénario de ses fan-
tasmes... comme dessiner de mémoire une amoureuse
de jeunesse, vous voyez?

La rivière murmurait à leurs pieds. Un coup de
vent brisait parfois sa surface de paillettes de soleil.
Quelques rouges-gorges écorniflaient dans les
épinettes en bordure de l'eau. Le curé Croft s'affaira à
son moulinet, puis reprit son envolée: - Les médecins

ont succédé aux curés, les ingénieurs ont remplacé les médecins et demain les informaticiens seront le nouveau clergé, si je puis dire... dans nombre d'organisations, c'est le cas... les informaticiens seront les seuls êtres libres de la planète car les seuls à comprendre le fonctionnement du siècle, et surtout les seuls à diriger la vie mécanisée, à meubler la mémoire des androïdes... le monde est fou, je fais un métier pour le savoir, alors autant assister aux mariages de l'Homme à ses excès technologiques pour être aux premières loges de la décadence...

- C'est bien intéressant mais...

- ... et en plus, il faut absolument éviter de laisser gérer la mémoire du monde par une élite de privilégiés... je dis: démocratiser l'ordinateur, c'est démocratiser l'information, c'est démocratiser tout court... plus de mystères dans la vie quotidienne... une société d'informaticiens, la solution... plus de mystifications au bout du fil... par mon métier, j'ai assez de mystères à soutenir comme ça... oui monsieur, le danger des ordinateurs croît avec leur non-usage... viendrez-vous aux ateliers d'informatique que j'anime tous les samedis après-midi au sous-sol du presbytère?

Abasourdi Raviluc ne répondit pas; le jeune curé Croft prit une grande respiration, rit doucement et l'oeil malicieux continua: - J'ai vendu à mon évêque l'idée qu'il fallait absolument empêcher la machine informatique d'accéder au statut de divinité dans la tête de nos clients... de nos ouailles, comme disait mon prédécesseur... mon boss a autorisé l'organisation d'un super bingo pour financer l'achat de mon Mac... une chance qu'il a peur de l'inconnu, Monseigneur... pour la gloire de Dieu, je prophétise avec ma machine le résultat des quêtes dominicales de tout le diocèse... je simule l'évolution des mariages, des naissances et des décès bien mieux que le Gouvernement: ils ont plusieurs ministères et le fichier central... moi, j'ai juste un ministère mais j'ai le confessionnal... pour oublier le travail, j'ai programmé le système d'arrosage de mon jardin et la prévision de mes prises de truites mouchetées!

Une pétarade de motocyclette attira l'attention des deux hommes vers une jeune fille, bardée de cuir, enfourchant l'engin flamboyant. Elle traversa vivement le pont rouge et disparut dans la poussière. L'abbé Croft semblait fasciné par les fesses de cuir au soleil du bon Dieu sur la route fuyante. Les regards de Raviluc et du pêcheur se croisèrent en silence. La rivière continuait de se rouler dans son lit. Raviluc examina les poutres croisées de la structure du pont au-dessus de sa tête: bel endroit pour fumer en cachette ses premiers mégots de cigarettes. Un certain goût de fumée revint dans sa bouche.

- Vous pourriez m'aider à retrouver les certificats de propriété; il doit bien y avoir des indices dans les registres..., insista désespérément Raviluc.

- Ça mord pas fort aujourd'hui... je comprends mal ça... bon... venez au presbytère après demain... j'aurai un tête-à-tête avec mon terminal entre temps... j'ai les registres depuis 1924 sur mon disque dur... téléphonez avant OK?

- C'est ça, c'est ça... merci... et bonne pêche!

Raviluc allait perdre patience. Il gagna le tablier du pont et, pour lui-même, marmonna: - Tu parles d'un maniaque... il doit bien enregistrer ses confessions sur cassettes, puis communiquer les pénitences par télécopieur celui-là!

Il prit un brin d'herbe sur le bord du chemin et

marcha vers les maisons de Sainte-Olivine. Il croisa deux adolescentes et deux adolescents qui ne le virent pas vraiment. Et qui fumaient nerveusement. Le vague à l'âme, Raviluc s'achemina vers le restaurant du coin...

25.

Ce doit être juin 196... et la neige achève de fondre sur les falaises du littoral rouge de la Péninsule. Déjà, des colonies de merles et de fauvettes peuplent les champs de pissenlits et les boisés d'épinettes de Sainte-Olivine. C'est le temps de laver les rideaux de l'hiver et de planter un jardin en avant de la grange.

C'est samedi au village plus qu'ailleurs et le samedi repose de l'école et de l'apprentissage de la vie dans les livres. L'algèbre n'aide guère les filles à résoudre leurs équations à deux beaux inconnus... et les garçons s'entendent bien pour limiter leurs ardeurs à la géométrie dans l'espace des premières... Ils récitent déjà les capitales des cinquante-deux états américains, ils connaissent par coeur les fleuves de France, ils tutoient sur demande les volcans de l'Amérique centrale mais ils ne savent pas encore de quoi vivent les habitants de la Matapédia, ni ce qui a poussé les femmes et les hommes de Sainte-Bernadette-de-Pellegrin à s'installer dans ces talles de noisettes à flanc de montagnes, à vingt milles des senteurs de goémonds...

Normandise a treize ans dans les hanches et dix-huit ans dans les yeux. Toute la journée du samedi, elle partage les travaux de sa mère, en digne aînée de la famille à douze têtes. Elle apprend son rôle sur le bout des doigts brisés contre le plancher, elle suspend les couleurs quotidiennes à la corde à linge, elle redoute que la solidarité des femmes grandisse seulement dans le coeur à l'ouvrage, elle paye sa journée de congé comme tout le monde... La jeune fille a la bonne humeur facile, elle interpelle les rouges-gorges aux fenêtres, elle chantonne pour oublier et perd de grands bouts de corvée dans le scénario rêvassé du samedi soir qui vient. Normandise a treize ans dans les hanches et Raviluc dans la tête...

L'adolescent a cordé de la slabe en avant-midi et fendu des bûches de bois sec après le dîner. Raviluc a quatorze ans dans les yeux et vingt ans dans les bras. Toute la journée, il relève son père pour expier ce jour de relâche scolaire et pour rembourser, en son for intérieur, ses vingt et un repas de la semaine. Il se fend en quatre pour sa tranquillité d'esprit et pour abattre le trouble grandissant qui monte en lui, au fur et à mesure que le samedi soir s'amène. Raviluc a quatorze ans dans les yeux et Normandise dans la peau...

Et le samedi soir, aussitôt souper, c'est la cérémonie du paon pavané dans le miroir de la cuisine d'été. Près de la pompe à bras, Raviluc inventorie ses boutons pubertaires, torture son cuir chevelu, grimace à son visage lunaire, maquille ses dents au soda à pâte, couche son collet de chemise sur ses épaules et noircit au charbon les cinq poils et demi que le V de sa chemise ouverte découvre. Il ceinture son pantalon, il bretelle sa ceinture, il estime que ses poches étroites prennent tout leur petit change pour s'ouvrir à la monnaie plus souvent sonnée que sonnante et crache sur ses souliers patins pour un cirage économique.

Dans une autre maison de Sainte-Olivine, Normandise admire sa silhouette de coton jaune, dans le grand miroir de la chambre dite des maîtres. Son allure achève d'être gracieuse et son profil commence d'être pointu. L'adolescente a tiré sa queue de cheval juste ce qu'il faut pour mettre en valeur ses yeux bridés... puis, elle a donné des reflets de ciel à son regard, à l'aide du bleu à laver!

Le rituel des préparatifs prend autant d'importance que le voyage au restaurant, car ce qui importe avant tout pour les garçons et les filles, c'est de partir et d'arriver à l'heure stratégique: ni trop tôt pour l'assurance d'être tout de même remarqués, ni trop tard tout de même pour le risque intimidant de se faire remarquer... Ils arrivent à la minute subtile sifflotant la même chanson et réchauffant le même désir. Les quasi-femmes et les presque hommes ne se zieutent qu'à la dérobée toute la première heure. Normandise et Raviluc sont arrivés presqu'en même temps dans la cour du restaurant Chez Blanche. Mais ils ne se regardent pas de crainte que le papillotement de leurs yeux ne trahisse l'emballement de leur coeur. La chute du jour rougit l'horizon et les chauves-souris commencent à voleter en zigzag au-dessus du gros autobus bleu de Transport Huard. À l'intérieur, les garçons se renvoient les balles numérotées sur un tapis vert billard. Les plus adroits empocheurs jouent à jouer l'air grave et ténébreux; les plus gauches jouteurs s'amusent de farces primaires et de contenance gênée. Au comptoir de prélart ciré, les timides et les perdus d'avance trompent leurs malaises en repêchant des oeufs du vinaigre ou en léchant, les yeux dans le beurre, deux boules de crème glacée!

Les filles croisent et décroisent leurs jambes de nylon bleu poudre sur le grand banc de bois qui court au pied du mur. Ou bien, elle vont à tour de rôle monter la garde dans la salle des miroirs d'où s'échappent, à chaque entrebâillement de porte, des chuchotements nerveux et des rires étouffés. Toujours deux par deux, elles froufroutent jusqu'au juke-box et mélancoliques, écoutent Françoise Hardy chanter pour tous les garçons et les filles de leur âge. Les quatre chevelus de Liverpool font parfois irruption au parloir électrique sous les doigts de la plus délurée. Quelqu'un doit dire leurs noirceurs et leurs palpitations. La musique ne doit pas s'arrêter de respirer, et c'est à coups de dix cents, qu'on nourrit son poumon artificiel.

Entre temps, Normandise et Raviluc se sont rapprochés sur le grand banc de bois... mais le jeune homme estime qu'à ce rythme de trois pieds la demi-heure, il ne pourra toucher le bras de Normandise avant quatre heures du matin... Pour une bonne part des adolescents, les semailles d'oeillades et de plaisanteries portent fruits vers dix heures: se composent alors quelques duos et beaucoup de quatuors... mais se décomposent par contre, en silence, infiniment de solitaires... dont Normandise et Raviluc.

Ils sentent bien tout au long de la soirée, au long de l'attente par-dessus le feutre vert ou la boîte à musique, ils sentent bien l'atmosphère s'alourdir de leur sensualité juvénile. D'affolants papillons naissent et grandissent dans la poitrine des actrices et des acteurs de cette récréation pathétique et mystère. Ils économisent la parole mais ruinent leurs ressources télépathiques pour traduire à l'autre, ces éclairs d'absolu qui leur mangent la tête et le ventre. Ils ne trouvent pas dans la science de leurs études la nourriture pour satisfaire les appétits qui leur restent inexpliqués dans la gorge. Dans ce théâtre populaire, les fringales de tendresse et de rouge à lèvres transcendent ô combien le goût des patates frites et du chocolat aux cerises. Des émotions en vrac époustouflent leur coeur quotidien et la langueur équivoque qui leur électrise le corps leur laisse l'impression nouvelle de participer au grand désarroi cosmique...

Mais les filles gardent leur place, à repasser dans leur tête, l'apocalypse charnelle des sermons paternels: - Rappelle-toé ma fille que les avaleurs maniaques de Pepsi sont ben plus rough que les têteux d'Orangeade Crush... méfie-toé surtout des yeux verts et des bottillons pointus... pis à part de ça ben, si vous restez en gang, i' vous arrivera rien ... - et c'est bien ce qu'elles craignaient: qu'il ne leur arrive rien! Pourtant, l'amour-propre et la pudeur sont des gardes du corps bien plus forts que la police familiale. Par ailleurs, les recommandations maternelles retiennent aussi les garçons:
- Vas-y mon gars mais... salis pas ta chemise avec les trop grimées... laisse pas ta soeur s'en revenir toute seule... pis ton deux piasses ben, ménage-le!
Les voilà lancés en marche arrière dans la grande Aventure. Ils deviendront des observateurs figés d'un musée de cire. Ils se feront visiteurs en bordure de quelque chose, toujours, au bout d'une laisse invisible. Ils mangeront les pommes avec méfiance plutôt qu'avec appétit. Ils en savent assez pour savoir qu'ils ne savent rien, mais ils en pressentent trop pour dormir tranquille...

Le temps file et les effluves nocturnes de juin passent bien la porte du restaurant du coin. Onze heures moins quart. L'haleine des lilas et le respir des épinettes pompent l'air aux pousseuses de soupirs encore sans soupirant. Or Normandise et Raviluc rampent l'un vers l'autre dans leur tête. Imperceptiblement, follement. Dehors, la brise tutoie les robes légères et les chemisiers ouverts. Les autres se glissent dans la nuit, ils mènent leur silhouette blanche en promenade fluide. Seule la stridulation des criquets perturbe, aux alentours d'un ruisseau, le murmure des promeneuses et des promeneurs. Bras dessus, bras dessous. Ici, derrière le comptoir, la grosse horloge Coca-Cola indique onze heures et demie. Madame Blanche éteint quelques lumières, s'éclaircit la voix et, sur un ton désolé, les avertit: - Vous savez les jeunes qu'on farme à minuit?

Dans la salle, des rougeauds jurent en cognant les boules de billard. Les filles regardent l'heure et vont donner un dernier coup de peigne dans l'eau. La tristesse maquille mal cette jeunesse lancée dans l'imitation des aînés sur le marché féroce des apparences. Pour leur propre chef, au mieux de l'instinct, malgré leur tête de directives, ils doivent enquêter sur l'avenir et faire parler le réseau de leurs alarmes. Sur le grand banc de bois, Normandise et Raviluc testent le filet des remontrances. La parole est rare et précieux le silence entre eux. Tout à coup, Raviluc tend à Normandise le Cream Soda de la dernière chance... Il flageole devant elle, le geste flou et la joue en feu. Normandise hésite, finit par avancer la main vers l'offrande puis boit, inquiète, le contenu glacé pour éteindre sa gorge. Elle lâche avec regret le goulot de la bouteille - qui lui donnait au moins contenance - et lève les yeux vers lui. Raviluc a les oreilles molles et la poitrine pleine de papillons fous. Il grave le visage de Normandise, il ravale son embarras, il va parler, il parle, il dit: - Avez-vous hâte aux vacances vous autres?

Normandise jette un regard furtif autour, ne voit

personne d'autres qu'eux et dit: - Oui... pis merci pour la liqueur. Et c'est tout... c'est peu, c'est beaucoup... mais pas assez. Raviluc reste pris avec les mots d'urgence qui se bousculaient dans ses tempes et qu'il mourait d'offrir à la jeune fille. Comment lui dire la joyeuse ferveur qu'elle animait en lui? Comment montrer son désir de l'embrasser au bord de n'importe quelle rivière? Comment échanger sa fièvre contre sa fraîcheur? Comme ses regards l'énergisaient pour des cordes et des cordes de bois. Comment avouer qu'il a un peu peur d'elle, et de lui aussi, et de tout ce qu'ils ne savent pas... Or, Normandise l'entendit simplement murmurer, et cela la fit rosir: - Maudit que j'ai eu peur que tu partes avec Gérard, vers minuit moins quart!

Enfin, madame Blanche achève de laver le comptoir et de remplir le porte-bouteilles; elle installe l'obscurité, en éteignant une à une, les lumières du restaurant, désormais désert...

26.

Le soleil avait forcé la lucarne et dessiné un parallélogramme de lumière sur la couverture. Raviluc s'étira avec plaisir. Le babillage de la radio lui parvenait par l'escalier. La maison respirait le calme et la propreté. La musique de l'eau qui bout et le rire de Grangalope l'accueillirent à la cuisine.

- Un café? proposa-t-elle.

Il accepta, bâillant derrière sa main ouverte. Ils

échangèrent les lamentations habituelles sur la rigueur de l'hiver et la brièveté de l'été. Grangalope confia ses projets d'expédition au Mont-Saint-Pierre, au mont Jacques-Cartier et dans les cavernes de Saint-Elzéar; elle s'enthousiasma pour la semaine de vacances qu'Yves-René et elle passeraient au Gîte du Mont-Albert, en août. Raviluc buvait son café en observant le mari de sa cousine; ce dernier, plus taciturne que d'habitude, avait la tête de qui choisit les mots pour embellir une idée précieuse.

- Toi Yves-René... ça va le travail? s'informa Raviluc.

- Pas tellement, sursauta l'interpellé, la Baie James achève, j'attends d'être rappelé... si je le suis un jour... ça va faire un mois demain que j'suis là!

- As-tu espoir de remonter?

- Pour dire vrai... pas tellement... je commence à chercher autour... mais c'est *dull* dans le boutte... pour l'ouvrage... surtout ceux qui n'ont pas de carte de compétence... pas de métier: trente-six métiers...

- Parle-lui donc de ton idée bon-yenne... c'est le temps, pendant qu'on est seuls! intervint Grangalope.

- Qui me concerne? voulut savoir Raviluc.

- Ben c'est une idée comme ça, balbutia Yves-René, pis ma femme a sauté dessus parce qu'elle veut me garder icitte... mais je sais pas si je devrais t'en parler... c'est pas mûr...

- C'est rapport à votre terre! commença Grangalope pour encourager son mari.

Celui-ci avait rougi et fixait ses grosses mains. Raviluc prit une gorgée de café et le trouva amer. Un silence fit le tour de la cuisine.

- J'voudrais louer vot' terre pour faire l'élevage... des pigeons, des oiseaux en couleurs, des lapins, pis des animaux de pet shop! se lança Yves-René.

- ... élever des pigeons sur notre terre! résuma Raviluc, surpris.

- On a pensé... vu que j'ai rien à faire pour le moment... pis que votre terre est à l'abandon... on a pensé qu'il y aurait moyen qu'on fasse quelque chose dessus... mais c'est juste une idée de même... qu'est-ce que t'en penses?

- Je prendrais un autre café!

Il ne savait qu'en penser. Vraiment. Ni des pigeons, ni de ce qu'on s'adresse à lui pour la terre. Tout de même, avoir vécu quinze années sans se préoccuper le moins du monde de cet espace ancestral et voilà que sa grand-mère le chargeait, lui, de trouver les titres de propriété, voilà que cousin cousine requéraient son assentiment pour y concrétiser leurs rêves. Même Prunelle ironisait.

Et cette tête inquiète, ce stress résiduel... comment les résoudre... de plus en plus inconfortable la position de l'observateur... si souffrant de regarder par-dessus son épaule... assumer... assumer l'adolescence dans le temps... l'adolescence dans l'espace aussi... les blessures et les onguents... ne pas se jouer de tours dans son dos... bien écrémer le présent... désirer sans passion l'immédiat... aimait-il ce qu'il savait de lui-même... aimerait-il ce qu'il trouverait dans des voyages à rebours... s'ils étaient délibérés... le désir de paix suffisait-il pour connaître la quiétude?

Ce matin-là, pour la première fois, Raviluc ressentit l'avantage de se voir dans le miroir de l'enfance. Pour détendre sa vie, pour reconnaître ses bonheurs. Il pressentait le déséquilibre conséquent au dégel de sa mémoire. Son désir que certains noeuds en lui ne fussent plus était assez intense pour qu'il ne contournât point le risque.

- Et puis? redemanda Yves-René.

Raviluc sortit sur le perron, respira l'été et s'avança dans l'herbe. Il se trouva heureux d'être pieds nus... Se demanda si c'était le fait de tout un chacun de respirer mieux nu-pieds. Juin lui plaisait. L'annonce des vacances, maintenant comme au temps des écoles. "L'ouverture de la saison du péché", avait révélé un missionnaire en visite scolaire. N'eût été de cet abbé, des bonheurs auraient peut-être échappé à Raviluc cette année-là...

27.

Normandise marche à ses côtés. Il a sa peau brune plein les yeux, il a son odorat gorgé de musc et de lilas. La douceur de l'été enveloppe leurs bras nus. La nuit n'a pas de lune sur la tête et les fenêtres ne regardent pas le chemin. Raviluc et Normandise avancent avec quelle lenteur vers le bout du rang. Les étoiles clignotent trop loin pour les filer: ils sont seuls sur la planète...

Raviluc frappe du pied quelques cailloux pour occuper son silence. Ils se rappellent qu'ils ont une voix: ils s'avouent le poids des leçons-devoirs, ils complotent le partage d'un même siège dans l'autobus scolaire, ils se disent enchantés par juillet. Normandise rit, se rapproche de lui. Les éclats d'une partie de cartes leur parviennent de carreaux lumineux. Ils jouent à deviner le nom du gros parleur, d'une maison à l'autre.

L'air est plutôt léger tant qu'il y a des maisons aux flancs du chemin. Bientôt, ils arrivent dans la côte à Léopold: la portion de la route la moins éclairée quand on est seul, la plus éclairante quand on est deux... Des pacages à vaches bordent le chemin. Au delà des pâturages, la forêt d'épinettes recèle des mystères. Passé l'obscurité, se découpe sur le ciel la maison du père de Normandise. Tout au bout de la noirceur, surtout, se profile la fin de leur mise en présence, la fin de l'oppression délicieuse qui les habite et qu'ils désirent clairement prolonger: leur gaucherie parle d'elle-même.

Raviluc met son bras autour des épaules de Normandise et reçoit toute la chaleur de sa hanche dans la sienne. La tête de la jeune fille roule contre sa joue et le lilas trouve des poumons dilatés. Raviluc resserre son étreinte; son coeur veut laisser sa cage thoracique. Ils marchent si lentement qu'ils avancent seulement dans les bras de l'un et de l'autre. Elle pose ses mains sur sa nuque et le tire vers elle. Des mains de femme pour la première fois, des mains de femme dans son dos. Raviluc retient la silhouette de Normandise contre sa poitrine. Leurs respirations prennent de la place. Il n'y a pas de brise dans les clôtures ni les aulnes du fossé. Les bijoux en désordre dans le ciel n'intéressent personne. L'été a tout l'été devant lui. Et l'envoûtement de l'instant est tel qu'il traversera la suite des calendriers.

Raviluc relâche son étreinte et découvre le visage de Normandise dans ses mains. Fulgurent des images de cinéma. Elle ne retire pas ses mains de son dos. Quelle senteur du diable dans sa tête! Raviluc est fou, il n'a pas de corps. Il a trop d'un corps. Il penche sa tête, elle incline la sienne, il frôle sa joue, elle entrouvre les lèvres, il a les siennes toutes prêtes: ils se taisent longuement. Un générique flashe. Normandise et Raviluc se goûtent pendant le temps qu'il faut aux planètes pour s'éclater en cent mille miettes incandescentes dans leur saison cosmique. L'univers entier prend son trou noir et seules vivent leurs langues heureuses comme des poissons dans la salive, leurs langues qui jouent à cache-cache.

Il respire de l'hélium et flotte au-dessus des champs de marguerites. Son coeur est parti à l'épouvante dans un territoire plein de fêtes et de couteaux d'où l'on ne revient jamais tout à fait indemne. *L'amour a deux manières / de nous faire malheureux / Entre une ou l'autre misère / l'amour choisit les deux.* Son coeur cavale loin de sa petite vie d'études et de rêvasseries. Il ne peut plus quitter les lèvres de Normandise: il craint de pleurer toute sa vie. Raviluc enfouit ses doigts dans les cheveux de la première femme, elle l'enserre sans défaillir et lui abandonne sa tête tout à fait. Ensemble, très doucement, ils arrivent au Paradis et soufflent les chandelles.

Le bras de Raviluc descend la chute des reins de Normandise. Le réseau de leurs veines s'électrise. Il relâche un peu son barrage pour reposer ses muscles et la voir sourire. Ils se touchent la main et descendent encore la côte à Léopold. Mais la route est sinueuse et elle continue sans eux, glissés tangenciellement dans le champ de l'herbe raccourcie par les veaux. Il doit rêver: lui, seul avec une femme dans la nuit, seul avec une femme qui le suit, qui le précède; il est hébété, lunaire, extra-terrestre. Et le parfum de la femme qui colle à ses mains. Raviluc et Normandise trébuchent dans le pacage; ils font face à la forêt, ils tournent le dos à la maison du père. Comme l'été est chaud, comme la nuit est profonde! Ils trouvent un lit de trèfles et s'agenouillent au bord. La terre horizontale les accueille côte à côte. Normandise a son beau visage grave et Raviluc lui trouve tout plein de bouches. Ils embrassent l'absolu, ils fêtent la défaite de l'ordinaire et la découverte du bien à l'âme.

Raviluc tourne autour des seins si fermes et si ronds de Normandise, tellement, qu'il en est étourdi. Ah! ce parfum de femme partout sur elle, cette odeur qui creuse l'estomac et déboussole le plexus, cette aura de lilas qui fluidifie la volonté et dissout le cortex jusqu'au dernier atome crochu. Une femme dont les lèvres et les seins portent le bonheur dans leurs courbes, une femme seule avec lui dans l'espace, sans yeux étrangers. Sa bouche, ses seins, son corps, son temps de vivre, son être complexe pour lui seul, pour elle seule peut-être aussi. Un clignement de l'Oeil qui regardait Caïn dans son catéchisme le fait douter qu'il reconnaisse à sa juste beauté la générosité de l'autre. Mais le creux d'affection est trop grand, la tendresse est trop déficitaire dans leur bilan d'amour, ils crochissent trop dans leurs hivers pour garder la droite ligne creusée par 963 questions-réponses catholiques en rouge et noir...

L'électricité sanguine et l'instinct du castor le font bouger vers elle. Normandise se couche sur la terre humide et lui, modèle son corps au sien. Elle a raccourci son souffle pour qu'ils soient plus proches et Raviluc maintient ses yeux bien ouverts pour filmer la réalité. Cela se passe comme en dehors de lui; il usurpe la place de quelqu'un d'autre. Ce n'est pas sa silhouette qui se fond à celle d'une autre, il a peine à se voir dans les bras de l'abandon, il ne veut pas mourir à seize ans...

Normandise bouge un peu et lui se perd au fur et à mesure de leurs mouvements. Maintenant, leurs regards communient au même désespoir. Ils ne s'embrassent plus: ils se boivent à même la bouteille; ils ne se caressent plus: ils s'échangent leurs empreintes digitales. Normandise est belle et brune et parfumée et fleurie. Quelque chose se passe dans les reins de Raviluc comme un ruisseau qui se gonfle, comme un torrent qui s'élargit dans son avance, comme une digue qui pète, quelque chose se passe dans le ventre de l'homme comme une tornade rouge, une fulgurance agonique et salée, quelque chose meurt dans sa nuque d'une hémorragie d'écume plein son vêtement... *La vie a plein d'étoiles / pour qui rêve sur le dos / La terre est nuptiale / le ciel est pas si haut...*

Dans les minutes qui suivent, le monde perd sa cinquième dimension et l'appréhension gagne des places... Longtemps, ils ne bougent pas: elle, comme à des regrets et lui, comme à des remords. Il y a du soufre dans l'air! Que les coupables se lèvent. Où est passée leur soif de surprises et de magie? Ils ont mal chacun pour soi, sans soupçonner celui de l'autre, sans savoir le pourquoi du sien.

Une lumière s'allume brusquement de l'autre bord de la route et un adolescent crie, autoritaire:

- Normandise... Normandise! Raviluc aide gauchement la jeune fille à boutonner sa robe, à retrouver son soulier. Elle lance calmement: - Ben oui, ben oui, ON est icitte, ON arrive là, ON arrive, laisse la lumière allumée... Normandise avance, pieds nus, vers la maison découpée dans le ciel turquoise de la nuit. Raviluc la suit, empêtré dans ses gestes et exagérément conscient des bouses de vaches autour...

28.

Il alla chercher Prunelle à sa descente d'autobus. Lui embrassa les paupières, la prit contre lui. S'émut comme chaque fois qu'il la trouvait belle. Elle lui caressa la nuque et les cheveux. Comme chaque fois qu'elle le trouvait tendre.

- Laisse-moi ta valise, fit Raviluc, on va marcher jusqu'au motel! Afin qu'ils soient plus seuls, il s'était soustrait à l'hospitalité de sa cousine et avait loué cette chambre à Chandler. Bras dessus bras dessous, ils firent en silence le trajet du terminus jusqu'au Motel Sable Blond.

- Veux-tu venir avec moi rencontrer le curé de Sainte-Olivine? Il m'attend.

- Bien oui, fit-elle, je te quitte plus, j'ai hâte de revoir ton village.

Une douche, un pantalon, une pomme et Prunelle monta devant Raviluc dans le taxi. Les rideaux du presbytère menaçaient de s'envoler par les fenêtres. Une femme en tablier les invita à entrer.

- Monsieur le curé Croft? demanda Raviluc.

- Il vous attend, je crois, grimaça la femme, suivez-moi!

Elle les précéda au sous-sol par un escalier aux rampes de cuivre. Des cylindres de néon jetaient une lumière bleutée sur les murs et les visages. Le jeune curé pivota sur sa chaise, remonta la casquette des Expos sur son front, salua Raviluc et vint serrer la main de Prunelle.

- Voulez-vous vous asseoir mademoiselle? fit-il, désignant une chaise près de lui. Raviluc enfourcha un tabouret-bar un peu plus loin. Sur le bureau du curé, un programme défilait à l'écran cathodique.

- Faut que je vous montre ces dessins-là, enchaîna le jeune curé, tenez voilà la Joconde avec un chapeau de cow-boy... pis ça, tiens... reconnaissez-vous le profil de la Lamborghini 1976... voyez-vous ça, cette espèce de légume hypothétique... le croisement de la carotte et de la pomme de terre... ça donnerait ça! continua le curé Croft jouant au clavier de son microordinateur.

Il avait enlevé sa casquette et retouché ses cheveux. Raviluc lui rappela l'objet du rendez-vous. Jérémy Croft toisa les jeunes gens avec sympathie et poussa un long soupir.

- L'urgent contre l'important! fit-il avec un demi-sourire, vous êtes de Rimouski, m'avez-vous dit... tous les jours, je converse avec des ordinateurs universitaires... tous les jours, je suis à Québec, Montréal... je pourrais être à New York, Tokyo... la télématique mes enfants promène la campagne en ville, la ville dans l'univers... vous savez, plus j'y pense, plus je me persuade que notre corps est trop petit pour la grandeur du monde... nos oreilles sont des filtres qui coupent la musique de la nature... nos yeux sont de piètres caméras pour le filmage des beautés de la boule bleue... notre odorat, notre goût ne seront jamais stimulés que par une infinie fraction des parfums et des arômes du monde... ça me choque que la tête de l'homme soit un goulot pour sa conscience... ça vous scandalise pas vous autres d'avoir pas choisi votre point d'arrivée ni votre point de départ dans le monde?

Si je peux me permettre cette confidence: nous sommes trop petits pour la vastitude de l'univers... c'est pas juste ... les hommes sont des lièvres en course pour rien sur le dos d'une gigantesque tortue aveugle: voilà ma persistante impression... risibles nos sens...

n'ont pas l'acuité ni la puissance qu'il faudrait pour décoder le cosmos, trouvez-vous pas?... Nous sommes pleins de faiblesses en dedans, nous sommes des vices de manufactures... dire qu'il a fallu des siècles et des siècles, bout à bout, pour faire progresser l'humanité... pour prolonger au moins une de ses facultés, la mémoire... ah! formidable la capacité de rétention de la mémoire artificielle!... si vastes et si ordonnés les souvenirs magnétiques... il y a encore de l'espoir pour nous!

Jérémy Croft reprit son souffle. Raviluc échangea avec Prunelle un regard incrédule, puis jeta un coup d'oeil à la console lumineuse.

- Faut que finisse l'informatique élitiste, reprit le jeune abbé, faut démocratiser l'accès aux transports numériques, si je puis dire... c'est pas grave qu'on m'appelle l'abbé Bit dans mon dos... accélérer la recherche des prolongements technologiques de nos minables sens... la jouissance ridicule de l'homme fait injure à l'immensité de l'espace et du temps... vraiment l'expérience du plaisir humain me désespère et doit insulter le Créateur ou la Cause des causes, comme on voudra... tant est limité, minime, l'usage que l'on fait de notre matière grisâtre, de nos antennes charnelles, de notre sixième sens... entre nous, Dieu aurait raison de se fâcher de notre indulgence pour nos limites ... moi j'ai peur de sa colère devant notre timidité... je dis qu'il attend que nous le défiions, que nous le rattrapions, que nous perfectionnions ses créatures, pauvres mortels que nous sommes... entre nous, je rêve souvent que je surpasse Dieu dans la jouissance de parfaire son brouillon pensant... j'arrive à créer des êtres de lumière et de profondeur... tant d'aventures et tant d'orgueil me troublent la caboche, de plus en plus, que j'étouffe dans ma vocation et sur nos cinq pauvres continents... il faut avoir de l'ambition pour alimenter l'espoir... à nous la vitesse de la lumière et l'envergure des dieux... la liberté passe par l'égalité avec les dieux... la liberté du monde... l'oxygène du futur... maudit!

Comme une mitraillette, il avait parlé sans arrêt, le jeune curé, prenant ses visiteurs à témoins. Ses yeux saillaient de leurs orbites et un filet d'écume blanchissait la commissure de ses lèvres. Il était survolté, Jérémy Croft, et Prunelle lui toucha le front avant de reprendre l'escalier. Raviluc conclut qu'il n'y avait rien à tirer de l'abbé; ils le laissèrent au sous-sol, effaré, absent.

Dehors, ils se tinrent la main. Le ciel était plus bas que d'habitude et seules quelques étoiles trouaient l'immensité noire et courbe. Marcher ensemble les reposa. Marcher les rapprocha de quelque chose.

29.

Grangalope et Yves-René passèrent les prendre à leur motel. La journée avait été douce et la soirée n'annonçait rien pour la contredire.

- On va le prendre à Grande-Rivière? vérifia Raviluc, dès qu'ils furent dans l'auto.

- Oui, en avant toute! On va à la Coopérative ou chez Médée Lelièvre?

- Allons sur les deux quais, pis surveillons le premier bateau qui rentre, fit Grangalope.

Et cette fois-là, le premier bateau entra au quai de la Coopérative. Yves-René sortit un grand sac de polyéthylène orange du coffre-arrière et sauta sur le pont de l'embarcation. Les autres sortirent de l'auto et se contentèrent d'arpenter le quai. Le vent les décoiffa et sala leurs poumons. Le soleil se couchait dans les montagnes et les nuages rosissaient à vue d'oeil. Yves-René revint avec sa charge précieuse, la déposa dans le coffre et reprit son volant. - Trente livres! Ça devrait suffire!

La voiture fila sur la route nationale entre la mer et le chemin de fer pendant une quinzaine de minutes. En plein village de Sainte-Olivine, Yves-René tourna de quatre-vingt-dix degrés vers la gauche et les phares balayèrent les murs chaulés du magasin à David Duguay. L'auto s'engagea dans la descente de sable durci en pente douce vers la grève. Au bout de deux cents pieds, le chauffeur aveugla les phares et tous sortirent. Le temps tirait sur le charbon et Raviluc partit chercher du bois mort pour le feu. Il rapporta des branches rongées, du varech séché et deux troncs de cèdre. Il bâtit un cône près d'une grande roche plate. Prunelle mit le feu aux brindilles et au varech. Une flamme orangée colora les visages.

Grangalope et son mari revenaient des vagues, une grande marmite remplie aux trois quarts d'eau de mer. Yves-René inventa une crémaillère à l'aide de pièces de bois et du levier du cric. Raviluc et Prunelle assuraient le chauffage et l'éclairage. La nuit avait une bulle de lumière et de chaleur au bord des lèvres. Il faisait sel et doux. L'eau commença à bouillir dans la marmite; Grangalope cria vers Yves-René: - J'pense que c'est prêt! L'interpellé alla prendre le grand sac dans le coffre de la voiture et le traîna près du feu. Il tira un gant de cuir de sa poche arrière, le mit et plongea le bras dans le sac orange. Il le retira rapidement et jeta dans l'eau bouillante un gros homard veiné de jaune et de bleu. Il répéta le geste jusqu'aux chuintements qu'émit la braise quand l'eau déborda du récipient. Le bois craquait pour libérer des chaleurs et gonfler l'eau bouillante. Ils avaient les cuisses et le visage brûlants mais le dos frissonnant. Dans la marmite, les crustacés empruntaient la couleur des flammes, petit à petit.

Raviluc regardait, au travers de la vapeur et du feu, la silhouette du magasin général à David Duguay. Tant de fois, il y était allé acheter des allumettes de bois, des graines de semence et du baloné dans le papier ciré. Il se rappelait la rumeur des allées et venues, la clochette de la caisse et l'encre des factures. -Tiens prends ça! proposait Yves-René en levant une bière jusqu'à ses yeux. Raviluc prit une gorgée du liquide amer; cela lui glaça le gosier et le fit se rapprocher du feu.

Combien de fois avait-il vu accoster son père accroupi dans sa barque, la cale pleine de morues et les bottes d'écailles de harengs. Dans les senteurs de poissons frais, de tabac blond et d'humidité saline, il allait entre les établis de la Coopérative couper les langues de morues pour que son père les vende aux hôteliers de Chandler et de Grande-Rivière. Les pêcheurs dépossédés le rabrouaient parce qu'il mutilait leurs poissons. Tremblant, il encaissait pour aider son père. Le Bonhomme n'était pas un pêcheur par nature ni par tradition. Mais l'été offrait la pêche et le village était trop pauvre pour refuser .

Dans sa sacoche, Grangalope trouva quatre

fourchettes qu'elle distribua. On s'accroupit près de la pierre plate pour y écraser les pinces. Le homard dégoulinait. À tout bout de champ, Prunelle demandait: - Est-ce que c'est ça la "bonne femme"? Et les autres de rire quand elle indiquait la queue du crustacé. - Ça chère, c'est le meilleur! s'exclama Grangalope, sollicitant une complicité. La chair rosée était douce au palais et aux glandes salivaires. Raviluc rejetait la tête en arrière pour recevoir dans sa bouche les demi-lunes de chair rose extirpées des pinces en éclats. Un peu de bière avec ce délice de fruits maritimes. Le quatuor fixait les flammes en dégustant le meilleur de la mer, en tendant l'oreille à la musique des vagues sur la grève.

- Y a pas un sculpteur japonais de goberge capable de copier ça monsieur! apprécia Grangalope.

Et partout autour, c'était le grand silence de l'eau et de la nuit. Raviluc planta sa fourchette dans le sable, s'essuya les lèvres d'un revers de manche et s'éloigna le long de la berge. Longtemps, il suivit la dentelle d'écume qui habillait la plage à la mort des vagues. Il naviguait mal sur la mer du jour, tant le lestait son enfance par à-coups. La terre et l'eau depuis le berceau jusqu'à la ville. La naissance dans les boisés à trois milles du goémond. Le vert et le bleu pour univers entre les jeux et les derniers cahiers. C'était beau tout autour et c'était en lui. Il se retourna: les flammes dansaient tellement loin qu'il frissonna. De francs éclats de voix lui parvinrent qui secouèrent son état second.

Il rejoignit les autres. Il se sentit mieux. Pas assez pour le crier sur tous les ponts. Assez pour le chuchoter à Prunelle. Dans ce paysage lunaire, entre l'eau salée et le sable et le ciel, un grand frisson gratuit le traversa. La femme qu'il aimait. Un matin. Elle partirait

défaire sa vie sur quelque mer comme une bouteille.
Pour chercher quelque centre du monde. Pour chercher
l'endroit du bonheur. Pour y trouver l'ennui? Sur ses
cartes postales à elle: tous les miroirs disent pareil.
Dans ses lettres à lui: t'as beau changer de caravanes,
t'avances tout le temps selon ton pas. Il aurait beau lui
écrire qu'il y a bien autres choses à faire dans la vie que
d'être heureux, elle n'arrêterait pas de partir.

Il aurait beau faire des couplets: c'est pas les rails
qui font le voyage, la gare dure moins longtemps que
le train, on est soi-même tout son bagage. Aux terminus, y aurait plein de nomades qui pleureraient, y aurait
plein de fuyards dans les mots cachés d'un journal.
Quand on voit grand, le centre du monde, c'est peut
être là où on est. Il n'aimerait pas plus qu'il n'aimait le
bateau, la voiture, les aéroports, les changements
d'adresse: pourquoi serait-il moins heureux du fait de
ces phobies du Bon Dieu. Il devrait fredonner quelque
refrain: T'as bien beau rire, c'est triste pareil quelqu'un
qui cherche le Paradis, qui quête son chemin pis qui
s'effraye quand on lui dit que c'est ici...aussi.

Ça ne serait pas tout de vouloir humer de l'amour:
ça prendrait du nez pis des nerfs doux, ça prendrait soi-
même à son secours. Quand il verrait loin, le centre du
monde, ce serait peut-être d'où il serait venu... Dans le
silence de certaines nuits - comme celle-ci-, Raviluc
avait des pressentiments qu'il aurait préféré ne pas
avoir.

30.

Yves-René sortait de la Caisse populaire

- As-tu laissé de l'argent pour les autres? ironisa Raviluc.

- Pas de problème: l'argent pis nous autres, c'est deux... où étais-tu passé? fit l'autre.

- J'arrive de chez le secrétaire municipal de Sainte-Olivine: je suis allé payer les taxes... quatre ans qu'elles l'avaient pas été... pas vu trace des papiers là... va falloir chercher ailleurs!

- C'est cher les taxes?

- Pas tellement, vu qu'il n'y a pas de maison habitée... pour la porcherie, le poulailler et puis la terre elle-même, c'est pas trop élevé... faudrait pas la perdre pour ça... ce serait la fin de Memère... pourquoi?

- Rapport à l'idée qu'on t'a confiée l'autre matin bon-yenne... j'suis sérieux avec ça moé... j'suis presque sûr de pas retourner en haut... fait que ça me prend une job pour faire vivre ma femme... faut que je fasse quelque chose avant de faire un mauvais coup bon-yeu... élever des pigeons, des petits animaux, je serais mon boss... c'est pas loin de chez nous, je coucherais avec ma femme tous les soirs... pis votre terre servirait à plus utile que faire prospérer les aulnes, les piquants, pis les harts à couleuvres... elle s'en vient pas belle, tu sais, la terre... à l'abandon comme ça... si c'était pas du cheval à Françoé pour le foin, pis des enfants du boutte qui jouent au baseball le dimanche après-midi, les broussailles auraient repris leurs droits pas mal plus vite que là!

- Et Grangalope?

- Elle aime pas me voir jongler... pis gosser des

bardeaux dans la cuisine, ma Grangalope... pis aller
faire des tours dans le sous-bois... elle me souhaite une
job qui prend le meilleur de mes énergies pis qui nous
fait vivre... j'ai parlé de mon plan au gérant de la Caisse
tout à l'heure... avec ma maison en garantie, il pourrait
me prêter de l'argent pour faire construire un pigeonnier pis des dépendances... si ça peut se faire comme
de raison!

Raviluc regarda l'horizon de la mer. Il portait bien
une part du projet de sa cousine, de son cousin.

- Va falloir attendre... je sais pas de quoi je me
mêle... rien t'empêche de vérifier si ton projet est
viable... les débouchés, l'argent que ça prend, les
équipements... après tout t'es pas comptable ni vétérinaire... mais t'es un bon gars par exemple... allons
boire un coup!

Ils visèrent la Brasserie Gaspésia. Le vent du large
poussait les odeurs de soufre dans la gorge des piétons.
Raviluc examina l'immense cône de poudre jaune près
du Moulin, derrière la palissade de la rue Commerciale.

- Connais-tu ça les pigeons? sourit Raviluc.

- Je les aime en tout cas, pis j'ai lu un peu à leur
sujet... savais-tu qu'un pigeon voyageur pouvait par-
courir jusqu'à 400 milles en dix heures? Je calcule que
ça peut faire des compagnons le fun à du vieux
monde... les perruches, les autres oiseaux de couleur...
pour les pet shops des villes... ça se vendrait ben me
semble... le monde s'en vient tellement chacun pour soi
qu'il y a des gens pour s'acheter de la compagnie...
c'est pas drôle... je pourrais être utile pour les vieilles
personnes... ça m'établirait dans la vie et si, en plus, je
pouvais gagner ma vie avec ça... trouves-tu que c'est
sensé mon affaire?

Raviluc songea à la maison que Prunelle et lui

cherchaient certains dimanches; il se promit de reprendre le repérage avec plus d'assiduité. Ils exploreraient
les alentours de la ville, au bord du fleuve surtout, et
tomberaient sur une maison blanche et bleue, petite et
carrée, derrière des peupliers cinquantenaires...

- Faudra ben que je sache qui de Memère, ton
père, toé ou Dieu-sait-qui, va me donner le OK pour
monter des bâtiments entre les clôtures...

Une affiche dérisoire indiquait la Brasserie
Gaspésia. Il faisait encore jour quand ils entrèrent.
C'était un vendredi: ils s'en rappelleraient longtemps.

31.

Dans la place régnait une pénombre trouée de
langues de feu. Raviluc et Yves-René trouvèrent une
table près de la scène et commandèrent de la bière.
Les deux hommes choquèrent leurs bocks puis burent
avidement. Raviluc, d'un regard circulaire, chercha des
changements aux lieux depuis sa visite d'avril. Des
roues de charrette marquaient toujours les bouts du
bar. Au mur derrière, la grosse tête empaillée d'un
boeuf à Phydime Leblanc bougeait à chaque mouvement du tiroir-caisse. Des miroirs encadrés de bois
vieilli simulaient des fenêtres. Le couloir des toilettes
affichait les spectacles des prochains mois. Sur chaque
table, une chandelle rougissait le visage des buveurs.
La salle de la Brasserie comptait une soixantaine
de personnes. La rumeur des conversations cherchait à

couvrir la musique du juke-box. L'atmosphère était chaleureuse et Raviluc esquissa un sourire de bien-être en s'étirant les jambes sous la table.

- À quelle heure nos blondes doivent-elles nous rejoindre? demanda Yves-René.

- Vers six heures! répondit Raviluc.

- Bon... quand on parle des louves! s'exclama Yves-René, levant la tête vers le haut de l'escalier.

Prunelle et Grangalope, accompagnées de Marie-Rosita, arrivaient.

Raviluc embrassa Prunelle qui s'assit à ses côtés. Grangalope consulta le menu, ses courses du jour lui ayant creusé l'appétit. Et la compagnie de l'imiter. Ils mangèrent en devisant de tout et de rien et du sens de l'appétit. Grangalope imitait le roucoulement d'un pigeon; Yves-René, toujours grave quand on faisait allusion à son projet, finit par sourire aux taquineries de sa femme.

- C'est peut-être ton destin ça! laissa tomber Marie-Rosita.

- Qu'est-ce que tu connais du destin, la floune? lança son frère, en lui ébouriffant les cheveux.

- Je parle pas de fatalité... mais si tu veux vraiment cet avenir-là, tu peux l'avoir! précisa Marie-Rosita, enthousiaste.

- Veux-tu dire, ma p'tite belle-soeur, qu'on peut décider de sa vie, chère? questionna Grangalope.

- Pas tout le temps... mais me semble qu'on a le devoir d'essayer d'accorder sa vie à ses espérances, ses goûts, ses projets... savoir ce qu'on désire, c'est déjà l'avoir un peu... vous trouvez pas mes enfants?

Le ton maternel de l'étudiante déclencha leur fou rire. Le souper s'acheva dans la bonne humeur des conversations légères. Raviluc se prit à observer tous les gestes, à écouter chaque parole. Intensément, attentivement. Il s'étonna de cette soudaine ferveur, de cet intérêt pour les détails de la rencontre. La disponibilité naturelle de Prunelle le fascinait; elle lui parut heureuse de la spontanéité des attablés et de la chaleur du lieu. Elle libéra deux boutons de son chandail et sourit, complice, à Raviluc. Celui-ci, dans l'euphorie du moment, commanda du scotch pour la tablée.

- Mesdames, mesdemoiselles, messieurs, la Direction, le personnel et le gérant de banque de la Brasserie Gaspésia sont très heureux pour la treizième semaine en ligne de vous fournir gratis celui-là que votre demande générale nous encourage à faire venir directement du Casino Gaspésien à Montréal-en-ville, voici un petit gars de chez-nous pas fier pet pour autant... encore une fois, mesdames, mesdemoiselles, messieurs, le charmeur de la Fourche à Ida, comté de Bonaventure et j'ai nommé... Johnny Cyr... une bonne main! s'essouffla la voix d'outre-rideau.

Un projecteur arrondit la lumière sur la scène. Trois accords de guitare, un chapeau de cuir brun, une chemise de soie mauve, un foulard blanc, un pantalon de tergal noir, voilà le chanteur country qui fend les rideaux de scène et s'avance jusqu'au micro, planté au milieu des planches. "Dieu faites que tous les mendiants... retrouvent leur maman... car la nuit de sa grande voile... leur cache à tous les étoiles", chantait Johnny Cyr dans un silence à rendre envieux tous les prédicateurs de la Péninsule. Le chanteur acheva sa chanson sous un tonnerre et demi d'applaudissements. Puis, il réclama le silence du haut de ses cinq pieds, remonta de son index le chapeau sur son front et présenta le spectacle: - Marci ladies and gentlemen, mesdames et messieurs, sénioritas et séniorité, c'est heureux que je suis à soir de vous annoncer tous les numéros de notre concours d'amateurs... une bonne idée du sympathique propriétaire de la Brasserie Gaspésia... marci ben Lyle... mesdames, messieurs, une bonne main pour Lyle Jones!

Les cris fusèrent et les sifflements percèrent les oreilles. Raviluc vida son scotch et recommanda. Grangalope et Yves-René saluèrent un vieil homme à la table voisine; ses grosses lunettes épaisses n'étaient pas inconnues de Raviluc, mais déjà Johnny le maître de cérémonie renchérissait: - Pour la première fois sur un *stage*, mesdames, messieurs, elles ont l'honneur d'être présentées par votre humble serviteur et je vous les donne sans attendre le pré-am-bu-le... excusez-la... voici les jumelles Irène et Irma Babin, mesdames, messieurs!

Deux adolescentes blondes s'avancèrent d'un même pas vers le centre de la scène, firent exactement les mêmes gestes pour sortir un harmonica de dix-huit pouces d'un étui de coton ouaté et, portant le gros instrument à leurs bouches, se mirent toutes deux à souffler dedans. Les jumelles tiraient un air de la ruine-babines géante en même temps qu'elles dansaient la claquette. La première minute fut magique tant était surprenant le spectacle de ces harmonicistes synchro-nisées. Mais une distraction... Irène qui saute plus haut que Irma... ce qui déphase le duo... sabote la simul-tanéité et fait tomber l'énorme musique à bouche en bas de la scène. Les jumelles fuirent dans les coulisses pour s'arracher les cheveux et pleurer en stéréo. La foule les applaudit quand même et n'assourdit sa rumeur que lorsque Johnny Cyr empoigna le micro-phone.

- Bravo pour Irène et Irma les jumelles babines ah! ah! ah! mesdames, messieurs... elles vont pratiquer encore pis vous revenir quand vous vous y attendrez le moins... mais pour continuer notre concours d'amateurs, c'est le temps de vous introduire sans tambours ni steppettes... un diseux de pouaisies de l'Anse au Renard... mesdames messieurs le voici en chair et en os, mais ce soir surtout en os... et j'ai parlé de Bertrand Lapierre, mesdames messieurs pour l'amour du ciel une bonne main! lança Johnny se retirant de la scène à reculons.

Un homme sans âge, roux et frondeur, vint lire deux feuilles froissées où il était question "de machines à laver les péchés, de pitié pour les dieux qui louchent et de capotes de l'homme invisible". Comme les conversations menaçaient de couvrir sa voix, le poète au souffle court prévint qu'il terminait sa déclamation avec "des poésies pour mon cheval gris". Les voix lui accordèrent un répit par respect pour le cheval. Le diseux de l'Anse au Renard défila trois quatrains en hommage à son vieux complice des labours et des promenades dominicales. En souvenir de la ferme familiale, l'assemblée applaudit, attendrie.

Raviluc avait chaud, s'allégeait. La fumée, la musique et l'allégresse ravivaient quelque chose en lui. Johnny Cyr tira sur la scène celui qu'il présenta comme "un frère enseignant amoureux de la bière frette et sorti de l'habillement noir par devant l'évêque officiel". Planté devant le micro, l'homme blême dut montrer son nez rouge et ses mains de femme à l'assistance. Mais il ne put achever son interprétation de la Cinquième Symphonie de Beethoven à l'égoïne tant les avions de papier le rendirent nerveux; il s'excusa, les yeux pleins d'eau, s'enfargea dans son lutrin et gagna les coulisses, tenant l'égoïne comme un menuisier du dimanche.

Johnny mit fin immédiatement au concours, de crainte que l'humeur capricieuse de la salle ne se retournât contre lui. Il trouvait que "sa salle était plus nerveuse que d'habitude". Johnny Cyr remercia tous les participants "passés et à venir" et annonça que les gagnantes étaient les jumelles Babin parce que c'était-pas-long-mais-c'était-bon.

Pour montrer qu'il était la vedette de la soirée, Johnny Cyr prolongea l'introduction musicale de sa chanson suivante jusqu'à ce que le silence de la salle le satisfasse. Les yeux au plafond bas, il entonna d'une voix délibérément chevrotante, l'air grave: "J'étais heureux au logis maternel... un soir j'avais à peine seize ans... je connus l'amour d'une jolie fille... j'ai préféré son coeur à ma maman... depuis que j'ai quitté ma bonne mère... la nuit je la vois qui me tend les bras..." L'assistance cria sa joie: Johnny savait chanter ce qu'elle aimait entendre, au bon moment. Il les connaissait tous, c'était un gars de la place; ils l'aimaient parce qu'il parlait comme eux.

Johnny Cyr s'était tiré de sa condition, il n'était plus manoeuvre, il attirait les "Montréalistes" au Casino Gaspésien: c'était le rêve de plusieurs d'entre eux. Quand quelqu'un lançait: Maudit qu'i' chante ben, il voulait dire: Maudit que j'aimerais faire des affaires extraordinaires que le monde aimerait...

- Il chante pas pire, pas pire! fit Yves-René, pis vous père Hibou, vous chantez pas à soir ?

- Es-tu fou toé... moé chanter... j'ai plus une dent dans yeule... pis je verrais pas même le micro jéri-boire... c'est-i' de la visite d'en dehors le monde avec toé, garçon? voulut savoir l'homme.

- Venez donc nous voir, père Hibou, au lieu de crier comme ça! l'invita Yves-René, malgré les coups de pieds désapprobateurs de Grangalope.

Quand Yves-René l'eut fait asseoir entre sa femme

résignée et sa soeur indifférente, Raviluc reconnut le voyeur myope qu'on lui avait désigné au salon funéraire, lors de la veillée au corps de tante Yvonnette. Les lunettes cerclées de corne noire cachaient la couleur de ses yeux; une mèche de cheveux sur son front et des bretelles de police attiraient l'attention. L'homme ridé lui apparut vif et sympathique malgré sa réputation "d'écornifleux de créatures" comme l'avait baptisé la présidente du Cercle des fermières de Sainte-Olivine. Prunelle et Raviluc secouèrent la main du père Hibou, au-dessus des chandelles, et lui apprirent qu'ils étaient de Rimouski.

- Faut que j'y aille la semaine prochaine... à l'hôpital de Saint-Joseph je pense... j'espère qu'i' a pas trop de raboteux là, avec un nom pareil! s'exclama le père Hibou, lorgnant les jeunes femmes attablées.

Yves-René remplit le verre du vieux. Stimulé par l'attention qu'on lui accordait, par les présences féminines et par la bière, le père Hibou s'avança sur le bout de sa chaise et, sur le ton de la confidence, chuchota: - Avez-vous su pour Laurentin Boucher?

- Non... i' est pas mort toujours? s'inquiéta Grangalope.

- Pire que ça, exagéra le père Hibou, c'est sa réputation d'homme fort qui est finie, jériboire!

- Comment ça, finie? s'intéressa Yves-René.

- Ben vous savez tous que le Laurentin élève des cochons depuis tout le temps... pis qu'i' a l'accoutumance de les prendre dans ses bras chaque jour que Dieu amène, pis ça, depuis leur naissance jusqu'à la boucherie... chaque jour...

- Pis, pis! s'impatienta Yves-René.

- Ben... d'un jour à l'autre, i' sent pas les changements du cochon... au boutte d'un an i' s'trouve à lever une bête de trois cents livres, mine de rien, vu l'habitude à la grosseur... depuis le temps, ça lui a jamais pesé sur les bras de lever des cochons au Laurentin... c'était même son orgueil d'homme, jusqu'à tout dernièrement...

- Qu'est-ce qui est arrivé? demanda Grangalope.

- Imaginez-vous donc, fit le vieil homme détachant bien chaque syllabe, que sa belle-mère est morte le mois passé, pis que le Laurentin a été pris pour monter avec sa femme dans sa famille... en Abitibi, jériboire... à l'autre boutte du monde qu'i' paraît... aller et retour, avec sa vieille camionnette 65, Laurentin Boucher... dix jours en ligne sans lever ses cochons, monsieur... au retour, i' a pas pu en lever un maudit parmi les plus gros... c'est-y à cause des dix jours de ramollissement... de son âge qui l'a rattrapé... j'aime mieux dire que c'est la faute d'une cassure dans la coutume... en tous les cas, notre homme est en beau désespoir contre sa belle-mère pour le tour de cochon qu'a lui a joué une dernière fois, ah! ah! ah!

Et le père Hibou rit fort, se tapant sur les cuisses ou se grattant le sommet du crâne. Yves-René soutint que ses bras lui reviendraient à Laurentin Boucher. Raviluc parlait peu et buvait beaucoup. Plus que d'habitude. Prunelle eut un regard indulgent pour les yeux rouges de son ami. Il lui en sut gré, lui prit la main. Le père Hibou continuait de rire bruyamment. Marie-Rosita cherchait un sens à la mésaventure de l'homme fort du village. Collée à Yves-René, Grangalope s'esclaffait maintenant pour tout et pour rien et pour l'amour. Il y avait foule dans la salle et la chaleur décapsulait les bouteilles, sans arrêt.

- Aïe garçon, je t'ai tu dit la *shot* qui m'est arrivée l'autre soir en revenant du bingo, jériboire? relança le père Hibou, se penchant vers Yves-René et vérifiant que tous entendaient.

- Encore un autre adon plaisant, j'imagine! supposa Grangalope.

- Ben oui... encore un autre, confirma le vieux voyeur. Je m'en revenais par la route de l'église... je sortais du bingo comme tous les mercredis soir... ça fait que j'ai coupé la cour du couvent du côté où i'a pas de classe... pis comme je longeais le mur nord... celui du côté de la track... v'là mes amis que j'entends-tu pas des voix par la fenêtre la plus proche... elle était éclairée pis toute... j'ai pensé que que'qu'un avait besoin de que'que chose... fait que je me suis rapproché lentement... chu ben discret vous savez... pis là de l'autre côté de la vitre, i' avait deux soeurs habillées en blanc... l'économe je pense, pis la petite dernière de l'Anse aux Canards... sans capine toutes les deux... ça fait que là, j'ai été obligé de m'rapprocher rapport à ma vue... eh! ben, elles jouaient à l'oreiller les deux femmes, jériboire... c'est à qui ferait tomber l'autre en bas du lit' à coups d'oreillers de plumes... pis la jeune riait drôlement pendant que l'autre arrêtait pas de sourire... elles devaient se donner ça depuis une bonne escousse çartain, rapport qu'elles étaient en nage les deux soeurs sans capuche ni bottines, jériboire... la fatigue manquable, sont tombées dans les bras l'une de l'autre sur le bed étrette... je devais être fatigué pour elles parce que la pétaque me vargeait dans les côtes... en tout cas jériboire, je trouvais la soeur économe pas mal maternelle pis la petite pas mal molle... elle lui lichait les yeux à c'enfant-là, pis elle lui mettait son pouce dans la bouche jériboire... la petite soeur, les bras étendus, se rentrait la tête entre les épaules en faisant des simagrées pas catholiques... la moins jeune était plus rouge... c'est à ce moment-là qu'a s'est mise debout' à côté du lit'... je me suis dit: qu'est-ce qu'elle va faire à cette petite-là pour l'amour du bon Dieu?...

j'ai pensé, qu'a se dépêche, jériboire, ma pétaque va me foirer dans la gorge si ça continue... mais tu me croiras pas, garçon... c'est en plein l'temps qu'a choisi la maudite grande chienne jaune à Lorenzo Roy pour m'arriver à la course dans les flancs... s'est mise à japper comme une folle autour de moé, pis de la fenêtre merveilleuse jériboire... i'a ben fallu que je lève le flag pis que je pique au plus urgent vers la route de l'église sans ça elle me mangeait, la maudite efflanquée... ça devrait être attachés des animaux dangereux comme ça... une terrible d'affaire pareil mes enfants... en plein couvent... pensez-vous que je devrais le dire à confesse ou bedon si...

- Pourquoi pas en faire notre secret? proposa Prunelle au père Hibou.

- Vous en savez des histoires vous, monsieur Hibou? articula péniblement Raviluc, tant le scotch lui avait alourdi les mâchoires.

- C'est un vieux raconteux de menteries pis d'exagérations, affirma Grangalope, un vieux ressasseux de cochonneries, un mangeux de mastic dans les châssis, faut ben se le dire!

Yves-René rit de bon coeur, le vieux aux cheveux blancs fit le sourd et Raviluc finit de vider un autre verre. Prunelle et Marie-Rosita se parlaient à l'oreille. Les garçons au tablier de cuir noir circulaient de plus en plus vite entre les tables. Le brouhaha avait succédé à la rumeur. La Brasserie était remplie; le gérant se frottait les mains derrière le bar.

- Je vous écoute depuis tantôt, père Hibou... vous avez toujours vécu à Sainte-Olivine vous, si je me trompe pas... vous devez connaître tout le village non? questionna Raviluc, penché au-dessus de la table vers le vieux Gaspésien.

- C'est pas pour me vanter, commença le vieux, mais i'a pas grand'monde à Sainte-Olivine que...

- ... parfait ça, parfait, fit brusquement Raviluc, avec un aplomb inhabituel, comme ça vous devez connaître aussi les règlements de la municipalité... vous avez été cultivateur... vous avez eu une terre longtemps... vous avez connu mon grand-père, je gage!

- l' veut parler de pépère Nicolas, précisa Grangalope.

- C'est ça... c'est ça, fit Raviluc haussant la voix, je veux parler de Aexande D. le père de Ferdinand D. mon père...

- Ben sûr que j'ai connu le père Aexande, confirma le vieil Olivinois, i' s'est donné à un de ses garçons je cré...

- ... vous m'intéressez, cher monsieur Hibou, dit laborieusement Raviluc, vous connaissez Memère aussi évidemment... oui bon... eh! bien, elle veut absolument que je retrouve les papiers de la terre... mais j'ai rien pu tirer du secrétaire municipal ni de votre maniaque de curé... je sais rien de plus que c'est une terre transmise de père en fils, comme dit Memère...

- Ben c'est comme la mienne ça mon garçon, s'exlama le vieux cultivateur, moé je me suis donné à mon plus vieux comme de raison... ça fait que c'est à lui astheure la terre chez nous... i' en a une jouissance conditionnelle, comme dit le vieux notaire Blais... rapport qu'i' doit me garder avec lui... une chambre à coucher réservée dans la maison jusqu'à ma mort... pis avant de signer les derniers papiers, j'ai fait marquer que je gardais un carré de terre en arrière de la maison... vingt sur vingt pour mon petit jardin tous les printemps... tout le temps que le bon Dieu m'en donnera la force, pis le vouloir...

- Et puis, c'est tout? demanda bien haut Raviluc.

- C'est à peu près ça mon garçon... sur le papier i' a une autre condition rapport que mon plus vieux doit me faire enterrer dans la dignité pis les égards de coutume quand je lèverai les pattes... ma défunte tenait ben gros à ça... en tous les cas, c'est chacun son tour... quand mon Antime se sentira faiblir, lui itou va se donner à son plus vieux... ça va être comme ça pour l'éternité à moins que la terre pis les bâtiments soient vendus pour les taxes... pis que la famille puisse pas la racheter... mais Dieu fasse que je voie jamais pareille déchéance ni sur la terre ni de l'autre bord... damné celui de la lignée qui serait la cause d'un tel déshonneur!

- D'après vous... les terres de père en fils... c'est comme ça qu'elles sont toutes transmises? insista Raviluc, hagard.

- Je connais pas deux façons d'y voir! assura le père Hibou.

- Ça veut dire que... c'est ton oncle Midas qui devrait me donner la permission... pour mes élevages! s'exclama Yves-René.

- C'est le plus vieux des garçons de Memère, confirma Grangalope.

- Ça m'avance pas, commenta Raviluc, je l'ai jamais vu de ma vie, pis Memère en a pas de nouvelles depuis des années... il serait en Ontario qu'elle dit... famille de fantômes!

Autour de la table, les regards étaient fixes. On vint remplacer les bocks vides sans attendre le claquement des doigts. Au passage des garçons, la flamme des chandelles vacillait au-dessus des nappes à carreaux. L'entracte se prolongeait et le juke-box n'avait pas découragé les discussions de la salle. L'alcool et la chaleur avaient abruti Raviluc. Pour chasser les hoquets le secouant depuis un moment, Prunelle lui caressait le dos. - Peut-être, tu devrais moins boire... t'as pas l'habitude... Drôlement, il la regarda, gloussa nerveusement, lui prit les épaules et voulut l'embrasser. Doucement, elle se dégagea pour lui prendre la main, mais lui se mit à rire de plus en plus fort. Renversé sur sa chaise, son visage trahissant le désarroi, il laissa des rires faux le secouer...

- Vous aimez pas ce que je fais, mes amis? demanda poliment Johnny Cyr à toute la tablée.

Pris par les potins du père Hibou et les ricanements de Raviluc, ils n'avaient pas remarqué que le spectacle voulait reprendre. Le maître de cérémonie venait vérifier auprès des attablés les plus bruyants, ses chances d'être écouté par toute la salle durant cette deuxième partie du show. "Maudit métier!" fit-il pour lui-même. L'assistance réclamait le chanteur sur scène, mais l'oeil de Raviluc inquiétait la vedette soucieuse de la tranquillité des lieux.

- C'est qui lui... je l'ai jamais vu avant? s'enquit Johnny à Yves-René.

- Mon cousin, répondit Grangalope, le garçon à mon oncle Ferdinand, tu le connais je sais, Johnny!

Le petit homme fit porter son poids d'une jambe à l'autre, repoussa sa guitare au bout de la bandoulière et soupira. Son visage avait soudain donné une tristesse à lire. Un long métrage semblait se dérouler en accéléré derrière ses yeux. Johnny desserra les mâchoires et, longuement, examina Raviluc. Celui-ci soutint le regard du chanteur country, puis brusquement, se mit sur ses jambes tant bien que mal.

- Envoye donc Johnny... vas-tu le faire ton show tabarnaque! cria quelqu'un du fond de la salle.

- Oui c'est ça... déniaise bon-yeu... j'veux pas coucher icitte moé! renchérit une autre voix.

- Vos yeules, cria Johnny, je commencerai quand je voudrai... chu pas un juke-box, hostie... attendez!

- Raviluc... c'est son nom... il est tout reviré là, fit Grangalope, i' cherche les papiers de la terre familiale... i' commence à prendre ça à coeur... à cause de Memère ça... la troisième fois qu'i' vient à Sainte-Oliv' pour quasiment rien... pis tu connais ça la boisson du découragement, Johnny...

- Excusez-nous de vous retarder! ajouta Prunelle.

- Les papiers de vot' terre hein, laissa tomber le chanteur, j'ai envie de vous dire de plus les charcher...

- Comment ça, cria Raviluc s'avançant vers Johnny, qu'est-ce que tu veux dire?

- Avant de pousser des tounes dans les brasseries, pis les clubs mon tit gars, commença solennellement Johnny, j'ai fait' des jobs d'homme... tous les chantiers de la Gaspésie, avec Frank Loiselle pis... j'ai fait' du vibrateur douze heures par jour au barrage de la Manic... j'ai pêché l'été, tiré les filets ou bedon trollé... les crocs dans les doigts... l'hiver chummy, j'ai bûché, skiddé... dravé au printemps... cultivé après, désherbé pis fait combien de fois les foins...

- Wô... c'est su'l'stage que tes babounes doivent se faire aller tabarnaque! tonna un géant, chancelant dans une allée de la Brasserie.

- Oui, c'est pas avec ces frais chiés là! cria un buveur, du bar.

- Envoye donc, sacrament, Johnny... attends pas qu'on soit saouls si tu veux qu'on saisisse la finesse de tes chansons! cria un autre homme.

- ... je tiens à vous dire que j'ai pas toujours porté des guenilles de cuirette, pis des bottes de tapettes, câlisse, reprit Johnny sans broncher sous les invectives... j'en ai tenu des chain saw, des haches, des nigogs, des crochets à pitoune dans ces mains-là... j'ai

140

levé plus pesant qu'un pic de guitare, viarge...

- ... on s'en contrecrisse de tes exploits d'y a un siècle Johnny Cyr, gueulèrent en s'avançant les mécontents, tu vas chanter hostie... on a assez bu pour que tu nous brailles quelqu'chose... c'est qui les clients réguliers icitte... c'est qui les boys qui dépensent leur chômage dans la boîte... ces blêmes pets-là ou bedon nous autres?

Le petit chanteur les fusilla du regard, changea de jambes, haussa le ton: - Pourquoi pensez-vous que j'peux pus faire ces jobs-là?... parce que c'est celles-là que j'aimais... ben mieux que de massacrer des tounes de cow-boys en bicycle... j'm'en vas t'le dire moé... écoute tit gars... c'est à cause de ma ciboère de colonne qui a d'la misère à m'tenir debout' saint-crème... c'est pour ça que j'peux pus frapper coups pour de vrai... pour ça que chu obligé de passer ma vie avec des gangs de ramollis glouglous...

- On sympathise mon Johnny, dit Yves-René, mais quel rapport avec la terre?

- Savez-vous pourquoi j'ai la colonne en bouillie vous autres? Dans le bois, à la drave, su' la construction, su' la mer, dans les jobines en ville... j'ai toujours travaillé avec un maître-homme... un maître-homme d'un pied plus gros que moé... de cent livres plus fort que moé... que j'ai toujours suivi partout... toutes les jobs de boeufs... sans le dire que j'avais d'la misère... pas devant lui surtout, au grand jamais... les plus belles années de ma crisse de vie, je lui dois... les plus plattes itou, je lui dois... je regrette pas un forçage... pas rien... on fonçait... i' m'a fait' faire des affaires pas possibles hostie que j'en reviens pas encore après vingt ans... pour mon gabarit, je déplaçais de l'air fret en crisse dans le bas des arbres... comprenez vous ça, faire plus avec sa carcasse que sa tête peut imaginer!...

- Comment ça peut m'intéresser tout ça? demanda Raviluc, hébété.

- Cet homme-là mon garçon, c'est Tit Nand... c'est ton père! révéla solennellement le chanteur. Chu pas mécontent de connaître son gars malgré les circonstances... oui, j'ai envie de te dire de pus les charcher les papiers de vot' terre... qu'est-ce ça lui enlève que je l'dise, hein?... c'est lui Tit Nand qui les a les papiers de vot' terre... j'les ai vus dans son logement à Montréal... m'a te donner son adresse pourquoi pas... qu'est-ce ça lui enlève à ton père... bon ben bonsoir!

Stupéfait, Raviluc retomba sur sa chaise. Johnny Cyr, le regard triste, regagnait la scène.

- Une minute mon tit homme, l'apostropha un gorille, comme ça on parle pour rien, icitte... attends voir tabarnaque!

Il empoigna Johnny par le col pour lui crier sa fureur et sa violence sous le nez. En un éclair, le poing droit de Yves-René rencontra le menton du gorille dont la tête partit en direction opposée, entraînant le corps du gros homme sur une table voisine. Les buveurs, brusquement privés de leur bière répandue, empoignèrent à trois le visiteur indésiré et le lancèrent dans l'allée. Le gueulard du bar renversa quatre tables dans sa précipitation. Des verres s'écrasèrent au sol, aspergeant les femmes et les hommes, des chandelles tombèrent sur les nappes... Yves-René fit visiter d'urgence la vitrine du juke-box au second mélomane impatient. Rapidement, engueulades, taloches et bousculades occupèrent une moitié de l'assistance. Des éclatements de verre, des grincements de tables déplacées, des interpellations religieuses, un terrain en or pour vider des vieilles querelles... empoignades et garantie de bleus, un brouhaha de première!

Johnny Cyr avait gagné les coulisses, sa guitare

tenue au-dessus de la tête... Grangalope et Marie-Rosita longeaient le mur vers la sortie, derrière Yves-René. Prunelle tentait de relever Raviluc, tombé au plancher, dans la mêlée. Où était-il, où allaient-ils tous? Penchée sur lui, Prunelle le vit écarquiller les yeux et ouvrir la bouche, comme apeuré.

- Le feu, cria-t-il, il y a le feu là là... le feu, regardez! Prunelle se retourna vers le rideau de scène en flammes. On avait lancé les nappes en feu dans toutes les directions. De longues lueurs oranges léchaient le plafond bas de la Brasserie. Les exclamations de frayeur de Raviluc saisirent tout le monde: on se précipita dans l'escalier menant dehors. Une fumée grise faisait tousser les traînards. La caisse sous le bras, le gérant chercha son coffre-fort. Yves-René et Prunelle durent traîner Raviluc; figé, il se laissa guider. Bientôt, on fut à l'air libre. Les cinq s'éloignèrent de la Brasserie. Les pompiers arrivèrent. On étouffa le feu. Les gens dirent avoir eu plus de peur que de mal.

La poitrine tordue, Raviluc respirait mal. Fasciné par la fumée de la bâtisse, l'homme hoquetait, toussait, cherchait la main de Prunelle. - Je t'aime, dit-elle. Cela calma ses paupières. Maintenant, Raviluc avait plus mal que peur...

32.

L'hiver dans la chambre. Le plafond en pente et bas dans la face. Au-dessus du lit de fer forgé. Ici et là, des plaques de bois sous le papier peint arraché. Partout, une odeur de pisse et de poussière.

"Viens m'aider... viens m'aider!" Les appels essoufflés de Rémi montent par l'escalier. Le ton extra-ordinaire qui coupe la rêverie, les pieds nus sur le prélart. Raviluc abandonne Yves et Rosaire sous la courtepointe effilochée, enfile son pantalon et une chemise arrachée au dossier de la chaise et descend en vitesse l'escalier qui craque à la mort... Échapper au sommeil, pieds nus dans ses bottes... Des craque-ments...

"Vous autres... bougez pas de là!" crie son père avec autorité aux petites jaquettes dans le haut des marches. Raviluc... hagard... le poêle à bois n'arrive pas à contenir toutes les flammes... cinq heures du matin... et le feu... le feu chatouille les murs... pourtant la bavette ne bave pas d'étincelles sur le plancher... Rémi... le poêle n'y est pour rien... entre quatre murs, la fumée... le feu court sur les murs... hébétude... spectateurs du temps, Raviluc et Rémi... les réflexes voyagent vite... au plus pressé... sortir de la salle... gagner l'eau... l'eau de la pompe à bras... l'instinct crie... le brasier installé dans les murs... la nuit, dirait-on, a tramé un complot d'allumettes contre les qua-torze dormeurs de la petite maison de bois...

Maintenant, la chaleur sur les bras anime les sil-houettes... Raviluc et Rémi courent vers la cuisine d'été... des cuisses de porc et des poulets gelés pen-dent aux solives... les deux frères renversent les grands bancs de bois qui attendent la visite des cousins cousines de la ville... tous les étés... la pompe à bras claquemurée dans le coin nord est... entre des plan-ches nues... le manche de fer noir monté... descendu... monté... descendu... le cycle de la vie... le temps den-sifié... la scène surréaliste... trop forte pour leurs têtes...

Raviluc... un, dix, cent bols à mélanger remplis d'eau... lancés dans la fumée... éperdument... sans effet... désespérance pour les jeunesses... l'aube et l'hiver arrivent... la rupture du fil naturel... l'enquête écrira: vieux fils électriques dans cloisons sèches à merci de souris... la muraille des boucanes maintenant les bouscule... l'instinct de conservation... quelque chose d'inné se débat dans l'adolescence... des efforts automatiques vers l'oxygène... ressenti le danger provisoire... aller quérir de l'eau pour mieux revenir mon Dieu... le vase dérisoire, une fois ouverte la porte du froid et du foyer ardent... les nuages trop noirs et trop bas pour les poumons juvéniles... l'instinct... il faut revenir au bas de l'escalier ... la voie de la liberté... la voie de l'existence... il faut revenir à l'escalier qui porte bien son nom... le cerveau en retard sur l'actualité... et tout ce bruit dans les oreilles qui continuent de rêver... l'importance du quotidien pour les nerfs... le craquement des murs, la musique sacrée... toute l'inertie des choses contre soi... pour la première fois, pris au piège du réel animal... dehors: la continuité du souffle... pour eux deux... il faut s'extraire de la nuit... sortir de cette matrice enfumée pour continuer de jouer tous les dimanches après-midi... un matin de janvier dans un rang gaspésien... n'importe quand... n'importe lequel... à la face du monde, rien à signaler qu'une anecdote... personne de connu au téléjournal, heureusement... rien que des enfants étrangers à eux-mêmes, étrangers entre eux... trois pas à gauche, deux à droite: ils sont coincés dans la cuisine d'été... *Dans le château des anges / le ciel a mis le feu / Y avait d'la neige orange / dans ce crachat de Dieu...*

Les adolescents entrevoient le petit jour, par la fenêtre la plus proche... la défensive, l'attaque... ils frappent la vitre du coude... aller chercher de l'air, naturellement... ils brisent la vitre pour vivre, respirer comme avant, pour prendre congé de l'enfer... pardon papa, nous ne le ferons plus... le temps presse... ils doivent sortir du tableau pour demander des comptes au créateur... une fois, deux fois: la vitre casse en zig zag... pardon papa, ne nous punis pas... maintenant l'air de glace par l'ouverture... vite la fumée dans leur dos... Raviluc enjambe le rebord de la fenêtre, l'escalade au risque de sectionner quelque nerf dans sa jambe gauche, au risque de boiter dans l'existence, de tirer de la patte dans le siècle... Rémi le suit... ils sautent dehors... pour finir la journée plus vifs que morts... empruntant le même passage de verre brisé... la précipitation fait une entaille à la joue de Raviluc, la cicatrice pour long de temps... le sol est bas, Rémi... protège tes mains... en un éclair, l'oeil embrasse la forêt au bout du champ, la grange, la porcherie... et les maisons autour... fenêtres qui grimacent tout en lueurs... cinq heures passé... papa où es-tu, mon Dieu... papa?

La neige est propre et orange tout autour de la maison de bardeaux chaulés... Raviluc et Rémi se faufilent dans l'aube... à moitié vêtus, à moitié vivants... les chatoiements roses sur la neige... le temps file file entre leurs tempes... Raviluc fait le tour de la maison... nulle jaquette blanche aux lucarnes... il se plante devant la fenêtre de la chambre des garçons, là, à l'étage... la chambre qu'il a quittée depuis le cri du père... debout dans la neige, pieds nus dans des bottes brunes, sans conscience du monde autour... il lève la tête vers la fenêtre fermée pour l'hiver contre le froid du champ... Raviluc tente de manoeuvrer la grande échelle grise... lourde et longue au bout de ses bras d'étudiant... maudit pâlot de liseux... aucun miracle dans ses muscles pour la circonstance... comment choisir le geste... comment verticaliser la liberté... derrière la fenêtre, il y a trop de lueurs éclatantes pour ne pas redouter la toux fatale, la gorge serrée de près... il faut bien qu'ils sortent... c'est pas possible... Raviluc a trop envie d'aller au cinéma... ça lui joue des tours... la lourde échelle lui arrache le coeur du corps... debout... Raviluc a froid partout, mais ne le sent pas encore... il ne voit personne, n'entend pas les enfants, ni sa mère crier... il n'entend rien d'autre que le pétillement du bois... Raviluc ne voit pas le visage de ses frères ni de ses soeurs aux fenêtres... n'entend pas leurs appels... pendant le siècle que dure sa lutte contre l'échelle... aide-toi... le mur qui frappe le premier... et le ciel ne t'aidera pas... la blessure de l'impuissance - de la perte, dira la psychanalyste beaucoup plus tard - ... évanouis ses soeurs et frères cadets... perdus pour la vie de par ici... pour cause d'incompétence à redresser le destin... à contrecarrer la fatalité... à temps... *Pourquoi la terre est belle / quand il meurt des agneaux, / Quand il meurt des agnelles / le monde a le coeur gros.*

La maison de planches isolée au papier journal flambe comme une torche dans ses yeux d'animal. L'innocence utile à rien... Raviluc perd le fil du temps dans sa stupeur... il ne sait rien de son frère Rémi... il ne voit plus son père invisible... une torche carrée dans son regard ébloui... le spectacle accidentel, la beauté du surréel, la souffrance à demeure... enfin Raviluc redresse l'échelle contre le mur... vis-à-vis la fenêtre d'où personne ne sortira jamais pour lui sauter dans les bras!

La clarté jaune du soleil. La maison en flammes: tous les matins de sa vie, il aura les yeux rouges à cause. Des orbites orangées... Au bout de l'éternité, il y a des voix étrangères! Il est bien plus tard, c'est sûr, quand il se laisse entraîner dans une maison voisine...

soulagement et pitié de soi... le fracas des murs qui tombent... le tumulte du grenier qui s'écrase dans la neige... Raviluc se raidit: il ne voit pas très bien où la vie veut en venir... il ne veut pas tout voir non plus, ne veut pas s'empoisonner l'être, ni tout comprendre d'un coup, comme ça... Il ne veut pas mourir d'un manque de chair sur ses os, d'un manque de fraternité non plus... À quinze ans, il ne veut pas payer le prix de sa survivance... ni survivre avant d'avoir vécu... trop grand pour lui ce drame: il flotte dedans... En l'an neuf de l'école, en quinzième année... il n'a pas encore travaillé pour de l'argent, ni détourné le cours de sa rivière, ni portagé des lourdes peines, ni résolu quelque mystère!

Les voisins l'ont bien dit: sa mère était sortie de la maison... Sauvée du feu, elle était... mais la mère de Raviluc est rentrée pour les retrouver tous... la fumée dans leurs yeux et leurs poumons... ils l'ont dit les hommes: elle avait échappé à quatre d'entre eux pour retourner en enfer... tant de créations et d'amours... douze fois déesse, noblesse oblige... le père a dit qu'elle avait préféré la mort à la folie... pourquoi choisir si tôt dans l'âge?... ils l'ont retrouvée dans les cendres près de la porte... sa beauté calcinée... Raviluc n'avait pas encore dit maman comme on doit bien le dire... pas encore... il ne le geindrait jamais qu'en douleur qui mord... le coeur en pluie douce sur sa propre peau... il ne l'appellera plus qu'au bord de se rendre... qu'à sa mort à lui... dans le même jardin qu'elle...

Pour la suite du jour, Raviluc avale sa langue... laisse le silence s'enfouir en lui... le laisse givrer son coeur... il ne faut pas qu'on le voit troublé... tous ces curieux aux fenêtres de l'auto maintenant... devant le restaurant Chez Blanche... surtout ne pas montrer des yeux rouges à ces voyeurs de la peine à vif... Rémi non plus, ça va de soi... "Viens voir Bini, i' braillent même pas!"... Ils ont appris qu'un homme se sauve par étapes: d'abord la face, puis les apparences, puis l'essentiel...

Ils ne le verront pas sous son jour de souffrance, tous ces autres avec plein de parenté qui placote... Pour se voir plus forts que lui dans leurs maisons toujours debout, ils devront s'imaginer... Raviluc ne sait pas comment porter cette douleur qui l'étourdit depuis l'aube... Son corps et ses mots n'ont pas l'aisance qu'il faudrait pour exprimer son désordre... Le mal est trop grand pour son âge. De la glace s'étonne dans sa poitrine, la stupeur grandit, il se découvre coquille, son mutisme est malsain... Quelque chose l'aspire par derrière, il sent qu'on l'ampute, le vide est méchant... Il ne faut pas que le givre fonde et roule de ses yeux. Son père l'a dit: Raviluc est un homme, Raviluc est l'aîné qui donne l'exemple... l'exemple pour qui dorénavant? Raviluc est son premier, il doit être le premier en tout: à l'école du rang, au couvent des Soeurs, au collège de la ville et plus tard... Raviluc a compris: il est le premier à ne pas pleurer... Dans l'après-midi, lui et Rémi retournent au bord des fondations fumantes... Un grand vide dans le paysage... un trou noir dans leurs têtes... le jour irréel... en voiture: l'existence n'attend pas longtemps... l'accélération du temps pour Raviluc et Rémi... *L'amour pourfend nos rêves / comme un éclair le ciel / Quand la tendresse est brève / la peine est éternelle...*

La rupture du fil pour Marie-Paule... treize ans et demi... déjà si belle les soirs de cinéma au sous-sol de l'église... un peu, beaucoup, si peu de bonheur imaginé dans la pénombre du rêve en couleurs sur l'écran de son monde... quelques premiers pas enjoués dans l'aventure des grands... suspendue la complicité des regards entre elle et Raviluc... celle qui aurait prêté ses robes et tout et tout à ses soeurs cadettes...

Évanouie, Fernande aux tresses noires... studieuse comme l'aîné entre quatre murs... enfermée dans ses douze ans... seule à cultiver ses mystères... sabotées les découvertes d'elle... le sourire difficile... l'imagination noire pour tout le temps... celle qui se cachait dans ses propres yeux...

Fini les jeux derrière la grange pour Yves... fini les courses derrière une roue de bicyclette poussée pour le seul plaisir de l'équilibre... après le cordage de la slabe... presque onze ans, les yeux clairs, de l'énergie pour s'amuser, de l'énergie pour travailler... la chemise délavée du troisième garçon sur la photo... celui qui appuie son vélo contre la porte de quelque ciel...

Disparue dans la poussière Rosita... comme l'héroïne mexicaine d'une histoire de cow-boy d'où lui venait son prénom... belle comme les autres à huit ans sous son voile de première communion... Rose en blanc comme des braises mortes... vite et sec comme en duel... atteinte dans le dos avant d'enlever son voile... celle qui a retrouvé la fiction de son origine...

Six ans seulement Rosaire... la brosse blonde, le regard profond et doux... le regard plein d'avenir... le plus beau des garçons dans son gilet bleu... le front si neuf, le respir si naturel, l'enfant-dieu d'eau claire et de source... ah! la lumière de son album intérieur... la suie du destin qui abuse de son arbitraire... quelque temps d'école pour le surprendre... celui dont les miroirs s'en-nuient par beau dimanche...

Endormie Madeleine pour la suite de l'hiver... on dort si bien à cinq ans... quand la mélancolie nous trouve naturellement... celle qui joue sans rire à la poupée... les plus grands ont tant à faire qu'ils ne voient pas sa tristesse dans leurs bras... des cheveux blonds, droits... celle qu'on entend pleurer dans les garde-robes de maisons sans garde-robes...

Estelle filante filée après quatre ans de rires... ses dents ont eu le temps de pousser... le temps de chantonner une chanson trop longue pour son âge... une petite étoile de rien du tout dans le firmament des autres... as-tu pris le temps de la bien voir Celui qui joue avec les allumettes?... c'est la fin du monde pour elle, c'est la fin du monde pour elle... va te laver les mains Dieu, va va va!

Avalée par l'éclipse, la plus fragile des Héléna... la délicatesse des poumons... séparée de la tribu par la ville des guérisseurs et des miracles... revenue juste à temps pour le souffle noir sur ses deux ans... le monde perd une déesse sans le savoir... durant son sommeil... celle qui achevait d'apprendre les prénoms de tant de frères et soeurs...

Il marche à peine jusqu'au vieux téléviseur à lampes... le petit Fernand imprime ses doigts pleins de mélasse dans l'écran... il a fallu enlever la porte du salon pour faire plus de place dans la maison... dix-huit mois, le dernier à marcher... marcher avant de disparaître, c'est quand même quelque chose...

Le souvenir du douzième défie la mémoire... le filleul de Raviluc et de Marie-Paule... la boucle fermée... l'autosuffisance en parrains marraines... soixante jours de babillage... André simplement... le douzième... de l'époque où l'épuisement des prénoms limite les naissances... celui de ceux qui empêchent le Diable de bien dormir...

La roue des labeurs journaliers, le chapelet des

accouchements, le sourire dans la routine, la discrétion du chagrin, toute sa santé à l'ouvrage ingrat: une belle femme de trente-trois ans, sa mère... douze fois la jambe cassée par la cigogne... maudite noirceur... pirates d'eau amniotique... voleuses d'oxygène... sages-femmes parties pour la gloire des manufactures sacrées... au nom du père, de l'enfant et de l'église... Invisible à jamais Dabeth... une demi-vie de travaux, de soumission inquiète et de bonheurs insaisissables... le talent de l'humeur rose, la reconnaissance de vivre malgré le verre ondulé de la planche à laver, longtemps, malgré quarante et quelques repas par jour, tous les jours, tous les jours... debout trop longtemps, trop souvent, jusque tard dans la fatigue... Difficile pour elle le soin des mélancolies adolescentes, la prévention des bleus à l'âme... Juste le temps d'adoucir la peine des enfants et encore, de ceux qui la disent... La cuisson du pain, l'encaustique, la cuvette, le fer chaud, les cordes à linge, les boutons à recoudre, le reprisage, le poisson à toutes les sauces imaginables imaginées, tous les jours qui s'amènent et qui repartent avec un peu d'elle... Invisible son visage joyeux... comme le jour de la première bicyclette à Raviluc... promise pour bonnes notes... promesse tenue et vélo-cadeau de sa mère... l'une des plus grandes joies de sa mémoire à lui... une minute de soleil trop fort comme on en redemande...

Ce matin d'un 29 janvier, l'âme de la maison de bardeaux s'est envolée... préférant l'amour à la folie... choisissant la solidarité mortelle... dans l'aube rougeoyante du rang de Sainte-Olivine... La célébration par le feu dans la neige orangée... entre quatre murs isolés avec des journaux des années trente... Les souris qui rongent les fils électriques déciment des personnes chères... on ne se le dira jamais assez entre orphelins... Invisibles ses yeux brisés par la longueur des journées... la candeur des enfants dans tous les miroirs de la petite vie... ses chansons tout le tour de la tête, beau temps, maudit temps... chansons reprises aux quêteux et voyageurs... le coeur qui recèle les moins beaux secrets... celle qui n'avait qu'une vie comme on n'a qu'une mère... celle qui avait un oiseau à la bouche pour chacun... celle qui cache-cache son mystère et dont l'éclipse s'éternise...

Or, l'invisibilité n'est pas l'absence.

33.

Ils avaient dû revenir. Depuis, Prunelle s'inquiétait de l'air absent de Raviluc. Il se perdait dans la contemplation d'objets invisibles. Il ne parlait que pour l'essentiel, c'est-à-dire l'accessoire en l'occurrence... Elle était remuée par son agitation intérieure. Elle se demandait quelle violence couvait en lui et fermait ainsi son visage.

Un soir, il écoutait la musique de Satie, elle lisait l'Histoire de la Gaspésie. Le téléphone les divertit.
- C'est-i' Raviluc à Ferdinand ça? fit une voix vaguement familière.
- Bien oui, qui parle? demanda-t-il.
- C'est moé Polydore Céleste... le père Hibou si vous aimez mieux... j'suis icitte là!

- Ah! bon, le père Hibou... où êtes-vous?

- Ben à l'hôpital, jériboire... j'avais un rendez-vous avec un docteur icitte là... un ben bon qu'i' m'a été dit... en par cas, j'ai jamais autant été zieuté, aus-cul-té, tâté, rayon-Xé qu'aujourd'hui, jériboire... je me fais l'impression d'un cochon à Laurentin après une visite du vétérinaire... partout ça sent la maladie en verrat, tit gars... connais-tu des places où je pourrais oublier ces senteurs-là, toé? demanda le vieux à l'autre bout du fil.

- Vas-y donc, lui chuchota Prunelle... ça va te changer d'humeur...

- Bon père Hibou... bougez pas je viens vous prendre... OK? annonça Raviluc qui éprouvait une sympathie certaine pour l'énergique vieillard. .

- Je m'en vas t'espérer dans le lobby de l'hôpital garçon!

Raviluc prit Prunelle dans ses bras et la serra contre lui. Ils s'embrassèrent. Très doucement. Il lui sourit pour la première fois depuis une semaine. Elle lut dans ses yeux de la tendresse qui la ravit et de l'appréhension qui l'inquiéta.

Il était dix heures quand Raviluc aperçut le père Hibou, derrière la porte vitrée de la clinique externe. Les deux hommes se donnèrent la main. "Maudite senteur d'éther qui pogne dans vot' butin pis qui vous lâche pus!... trouve-moé un abreuvoir pour hommes, mon garçon... icitte i'a jusse du jus de pruneaux pis de l'eau bouillie! lança le vieux Gaspésien. La soirée chaude les enveloppa sur le trottoir en route vers la Brasserie L'Étrier.

Ils s'assirent à une table près du juke-box et le père Hibou paya deux grosses bières pour "arroser sa santé", annonça-t-il.

- Et puis... aimez-vous mieux l'air de la place que

celui de l'hôpital?

- Mille fois mieux garçon... surtout que c'est mixte astheure les tavernes... parle-moi pus de l'hôpital, jéri-boire... je comprends pas qu'i' a du monde qui vivent là dedans tous les jours... ça sent jusse la pisse de vieilles pis la térébenthine... pis des fois même ça sent rien pantoute... mais le pire, cher, c'est la mangeaille... qua-siment rien pour ma dent creuse... un petit carré de beurre avec quat' biscuits soda, pis de la soupe aux légumes sans légumes... une chance jériboire que j'y étais rien que pour deux jours!

Raviluc vida son verre. Un frisson le parcourut. Il commanda du fromage et quatre bocks de bière.

- Quels examens avez-vous subis, père Hibou?
- Ah! jériboire, toutes sortes... des tests pour le sang... des tests pour la pression, la pétaque pis le foie... pis i' m'ont plogué su' le 220, jériboire, avec des fils su' la bedaine... je te dis garçon que c'est pas comme dans le temps du vieux docteur Daigneault... toute une salle d'opération, pis une pharmacie dans son suitcase noir qu'i' avait... on avait ben confiance vu qu'i' s'informait de nous autres avant de s'informer de nos maladies... pis i' en a pas enterré plusse que sa part, jériboire!

Raviluc était léger comme quand on va se délester d'un poids... Il buvait sans savoir si c'était pour éteindre cette boule de feu ou pour l'attiser... Ils trinquèrent à la santé de Polydore Céleste. Le vieux Gaspésien reprit son monologue et s'attaqua à la ville, à ses pauvres arbres dans leurs tuyaux de plastique, à son eau "rouge comme de la teinture d'iode" et puis à ses taxes "trop chères pour la grandeur des maisons". La tête de Raviluc résonna des bavardages contre les gardes-chasse de Gaspé sud, des exploiteurs du pauvre monde "qui ont pas les moyens de se payer du boston tous les jours". Les gouvernements de tous ordres goûtèrent à la médecine verbale du père Hibou pendant une bonne demi-heure: il dénonça les promesses d'élections, les travaux de voirie "jusse dans les bons polls" et la honte des vire-capots.

La musique jouait plus fort. L'alternance orange et bleue du juke-box tourmentait leurs yeux. Raviluc paya quatre autres bières. Les clignotements lumineux stimulaient cette chaleur dans sa poitrine. La lumière stroboscopique du juke-box coupait les nouveaux arrivants. Qui passaient. Et repassaient. Devant eux. La misère des pêcheurs, la vraie vie des bûcherons et la vocation de cultivateur inspirèrent moult trémolos au père Hibou.

- La terre, garçon, c'est pas comme avant... avant qu'on la divise en carreaux de damier... pis qu'on se contente d'un petit jardin de douze rangs de douze pieds, derrière la grange... pis ça c'est les vieux... les jeunesses, comptons-y pas, garçon... quand c'est pas le moulin ou les jobines ou Montréal, c'est le chômage, pis pire, l'accoutumance au chômage... rester à la maison, moé je dis qu'i' a rien de pire pour une grande jeunesse... se lever tard, se coucher tard, pis gosser pour tuer le temps entre les deux... ça fait pas voir le monde... ça use pas la force du bon Dieu pour gagner sa vie... on dirait qu'i' voient pas que la vie c'est un don... pis un don garçon, on laisse pas ça à l'abandon... en par cas, si j'avais pas soixante-dix faites pis des articulations si feluettes, je leur montrerais comment enjôler la terre noire... je leur montrerais jériboire!

Raviluc parlait peu, buvait plutôt. Il écarquilla les yeux pour mieux distinguer le vieux myope essuyant ses verres épais. Machinalement, il prit une autre gorgée et se mit la main en coquille sur l'oreille gauche pour l'isoler du vacarme disco. Son regard rouge balaya le vide, s'arrêta au vieux Gaspésien, blanchi par l'âge, d'une mémoire à l'épreuve du temps. Raviluc cilla. Il cherchait une clef.

- Tu prends la terre chez vous garçon, reprit infatigable le vieil Olivinois, c'est-i' pas de valeur une belle grande terre de même... ton grand-père nous contait les labeurs de son père pour dessoucher le haut du champ avec un team de jouaux... que la porcherie pis le poulailler ont été bâtis par ses quatre gars pis lui, en cinq jours monsieur... quand je pense à tout le foin qui s'y est engrangé... à toutes les patates sorties de cette terre-là... à perte de vue les rangs de patates... pis su' la largeur du champ... la terre la plus haute du rang... presquement jusqu'à la coulée, jériboire... c'étaient des hommes si forts, cette famille-là... des terribles d'hommes mon garçon!

Longtemps, le père Hibou départagea les mérites et lacunes des terres et cultivateurs de Sainte-Olivine, une par une, un après l'autre, longtemps... Il passa ses paysages et son monde en revue. Il n'aimait pas s'éloigner de son "nique à sparages", comme il nommait son village, il en parlait d'abondance pour s'en rapprocher.

Douloureuse, la tête. Il regardait, hagard, les mimiques du vieil homme. Étourdi, engourdi. Ses réflexes n'étaient pas à l'heure. Le boulet brûlant se coinçait dans sa gorge. Les propos du septuagénaire l'oppressaient, le tourmentaient.

- Quand je pense mon garçon, à tout ce qu'i' ont tiré de cette terre-là ton arrière grand-père, ton grand-père, ton père jusqu'à l'accident... terrible d'affaire... quand je vois les aulnes pis les piquants qui l'envahissent, ça magane mon moral d'ancien cultivateur, jériboire... où i' avait des belles clôtures drettes comme un pape à Pâques, i' a pus rien que de la broche accrochée couci-couça à des pieux pourris... où j'ai vu de la terre retournée sur des arpents déjà, on voit jusse des herbes hautes, de la moutarde pis des arbustes à toques avec un grand poulailler pis une porcherie abandonnés au milieu... où toute une terre vivait, i'a jusse un pacage où les jeunesses en peine jousent à la boule molle les dimanches d'été... i'a jusse le grand rond mangé par le joual à Françoé autour de son piquet, pis le carreau de la boule molle qui sont épargnés du free for all de la végétation... mais le plus triste pour moé, c'est les deux bâtiments déchaulés... abandonnés là, le poulailler pis la porcherie, avec épais comme ça de toiles d'araignées dans les vitres qui restent... la fierté de ton grand-père pis de ses gars dans le temps que le monde se tenait ensemble... des bâtiments gris qui rappellent à tout le village que votre tribu a existé, là... moé une bâtisse abandonnée, je trouve ça triste en jériboire... i' ont pus d'âme... i' servent jusse aux petits bums qui fument en cachette, les petits vlimeux... i' vont finir par mettre le feu...

À la menace du feu, Raviluc s'était levé. Brusquement. Il grimaçait et ses yeux mauvais fixaient le père Hibou. Il devait se retenir au rebord de la table. Il porta la main gauche à sa gorge; la douleur atteignait un paroxysme. Réel ou imaginaire. Raviluc se pencha vivement vers le vieux Gaspésien.

- Qu'est-ce que j'ai dit de travers garçon?

- Tout et rien, articula Raviluc, préparez-vous... on s'en va chez vous!

- Che' nous... à... à l'hôtel... oui c'est vrai qu'i' est tard là... jériboire, déjà deux heures du matin... t'as raison garçon..., accepta le père Hibou interloqué.

- Pas chez vous à l'hôtel, cria Raviluc, chez vous à Sainte-Olivine... on descend tout de suite... je vous dis!

- Hein! à Sainte-Oliv' à soir... tu me reconduis... tu... tu devrais manger que'que chose, là, mon garçon... ça te ferait du bien... que'que chose de sou-tenant...

- Non monsieur... suivez-moi père Hibou... suivez-moi, on s'en va... j'ai mon idée... faut que je fasse quelque chose... les petits maudits... ma gorge...

Ils sortirent appuyés l'un contre l'autre. Nécessairement.

34.

L'air frais secoua Raviluc. Il ne disait mot. À cause du visage fermé de l'autre, le père Hibou n'ouvrait pas la bouche. Ils quittèrent la voiture-taxi devant un édifice bas. La lune accrochait son oeil rond par-dessus les bâtiments des alentours.

- Où c'est qu'on est là, garçon? demanda le vieux, inquiet.

- ... suivez-moi père Hibou..., fit Raviluc se dirigeant vers une clôture.

- Oui mais ça me dit pas où c'est qu'on est, ni ce qu'on fait icitte en pleine nuitte, jériboire!

- ... l'aéroport, venez par ici... je vais vous aider à traverser la clôture...

Il s'appuya contre la clôture métallique en faisant des signes au père Hibou d'approcher.

- T'as parlé de me reconduire che'nous, garçon...

as-tu laissé ton char par icitte, jériboire?... pis, es-tu sûr qu'il faut pas que tu te couches toé là?... parce que t'as pas l'air trop solide sur tes pattes... dis-moé donc ce qu'on fait dans ce boutte icitte? redemanda le père Hibou.

Raviluc lui montra du pouce l'énorme silhouette de l'autre côté de la palissade. Le vieux n'y voyait goutte et le jeune dut lui préciser que l'avion les attendait. Le vieux Gaspésien crut comprendre, comprit, l'implora de revenir en ville, mouilla tous les Saints de sa connaissance dans l'affaire, traita Raviluc de fou, mais se rapprocha quand celui-ci menaça d'y aller seul. Pour voir jusqu'où il irait, le père Hibou franchit la clôture après être monté sur les épaules du jeune homme qui le rejoignit sur la piste.

À deux heures trente du matin, l'aéroport municipal était tout à fait désert. Sous la lune, Raviluc examina le gros avion jaune stationné à proximité des hangars. Les deux hommes franchirent quelque cinq cents pieds, l'un boitillant et l'autre clopinant, et s'immobilisèrent sous l'aile droite de l'appareil.

- C'est un CL-215!   fit l'aéropointeur au vieil homme.

- Qu'est-ce tu veux que ça me fasse, mon garçon... t'as pas l'intention de faire voler ça... d'abord sais-tu piloter, jériboire... dis-moé?

- ... je vole tous les jours d'été pour le travail, cher monsieur Hibou... je les vois faire les pilotes... et puis rassurez-vous, j'ai des cours de l'Aéroclub... je m'en vais vous faire voir Sainte-Olivine, j'ai dit... je vais le faire... si je peux avoir le cadenas... bon, l'échelle maintenant... tenez-vous derrière moi père Hibou, montez, je vous tiens là!

Raviluc s'installa au poste de pilotage. Tout en cherchant un moyen de dissuader l'aéropointeur, le

160

père Hibou s'assit à sa droite en marmonnant. Incrédule devant la tournure des événements, il ne pouvait se résigner à laisser Raviluc tout seul avec son idée fixe. La lune éclairait la carlingue, les ailes et la queue de l'appareil. À la requête impérative de Raviluc, le septuagénaire, désabusé, alla démarrer le générateur dans la queue du bimoteur. Soudain, l'énorme carcasse s'agita, trembla, toussa; les deux moteurs se mirent à tourner avec un bruit d'enfer. Le père Hibou regagna le siège du copilote en jurant. Raviluc serra les mâchoires et fixa le bout de la piste. Son teint tirait au verdâtre et deux rides lui barraient le front. Après une quinzaine de minutes, il laissa rouler l'appareil jusqu'en bout de piste. Le père Hibou lui tirait le bras et le suppliait, à tue-tête. Le pilote tourna le nez de l'hydroplaneur vers l'ouest, l'immobilisa, poussa à fond les moteurs... se laissa aller... roula... roula... vite... roula de plus en plus vite... le tonnerre grondait dans la cabine... le père Hibou n'en croyait pas ses oreilles... il regardait dehors à tout bout de champ... l'avion consomma l'asphalte à vive allure... l'avion se leva sur ses roues de derrière et grimpa dans la nuit de Rimouski. Il était trois heures du matin dans les maisons.

Raviluc amorça un long demi-cercle, le compléta, régla la fréquence de guidage sur celle de la station radiophonique CHNC de New-Carlisle et serra le manche à balai. Il jeta un coup d'oeil à l'altimètre et au compte-tours, parut satisfait et cria à son passager: "On va être chez vous dans une heure et demie... ou bien jamais, père Hibou... ça va?" Le vieil homme entendit mal la sentence cynique dans le bruit infernal de la cabine et haussa les épaules. "Il est aussi fou que son père jériboire... faut pas se fier aux apparences!" murmura-t-il pour lui-même...

Le voyage commençait, Raviluc était déjà rendu. Sainte-Olivine: les hauteurs d'où la mer est visible, d'où la Baie est bleue. Le village allongé, sans largeur. La route des Irlandais pour monter sur les côtes. Le grand-père: si bon oeil qu'il donnait la couleur des chiens de loin loin. Le plus court chemin entre deux points, c'est souvent dangereux, qu'il disait le vieux. Jamais une auto dans ses mains: trop de beaux chevaux dans sa vie pour ça! Son grand-père: première figure de force et de fatalité, premier moteur du verbe... *La vie leur perd des mailles aux vieux qui vont partir / La terre est lit de paille, le temps est à dormir.*

Tous les après-midi, il somnole, assis sur une bûche de peuplier, son vieux dos appuyé contre le mur de la cuisine d'été. Quand l'appel du somme apesantit ses paupières, il ramène son chapeau de feutre sur son nez pour parer les flèches du soleil. Des bretelles de police larges comme ça retiennent son pantalon double épaisseur d'étoffe. Jadis, il a été grand et bien bâti; maintenant, il est plus grand parce que plus mince. Maintenant, il est moins grand parce que plus courbé. Tout le monde qui ne l'appelle pas Pepère, l'appelle monsieur Aexande.

Le vieux monsieur à la peau rose et aux cheveux de lait, quand il ne pique pas sa roupie quotidienne, chantonne pour ses personnages intérieurs ou pour les enfants du voisinage. Des chansons inconnues des gens du pays qui magnifient ses voyages et ses mystères. Les complaintes et les berceuses sortent de sa gorge avec un beau naturel pour un homme de sa fatigue. Quand il ne sommeille pas et qu'il ne chante pas monsieur Aexande, il raconte. Et quand il raconte monsieur Aexande, il chante encore... Il arrive au temps de sa vie où le repos va de soi parce que la descendance est si bien partie qu'elle n'a nul besoin de tuteur pour pousser droit. Alors, il a toutes ses saisons pour rouler les paroles sur sa langue comme on le fait avec le vin et pour les partager avec les femmes, les hommes et les petits qui aiment la musique du parler.

Le soir, une fois que les enfants se sont succédés dans l'eau chaude d'une cuve pour ôter la sueur de leurs jeux, monsieur Aexande fait tanguer sa berçante avec la régularité d'un pagayeur amérindien. Son fils Ferdinand bourre de bûches d'érable le poêle à deux ponts et sa belle-fille Dabeth règle la lampe à naphta. Rosilda et Nio à monsieur Françoé, Chounard le Gesteux et sa femme Bartine, Horace et Lorenzo à madame Fine, le cousin Tisson et les huit-dix-douze petits-enfants du conteur s'installent autour de la chaise craquante et attendent leur plaisir du jour.

Ce n'est pas surprise qu'en ce pays de Sainte-Olivine, vu la dureté de l'existence du temps dit, l'insouciance du portefeuille fait conte de fées. Il est entendu que les amusements de la vie, ou bien s'attirent les prêches de la tempérance, ou bien gonflent le ventre des femmes... Pour tels motifs, tout parolier de l'aventure a l'oreille des hommes qui, pour la seule peine de l'attention, s'offrent les frissons du héros. Qu'il a l'écoute des femmes dépaysées tellement par tout bonheur qui soit gratuit.

D'entrée de jeu, monsieur Aexande chuchote solennellement avoir gagné sa vie du seul talent de sa parole. Imaginez l'étonnement de la réunion! Dans ces temps de labeurs où seules la force des bras et l'endurance du corps font la valeur d'un homme sur le marché de l'embauche, la prétention du conteur est surprise de taille. Il a allumé l'intérêt, il sait l'art de le chauffer à blanc. Sinon avec la parole, dit-il, comment convaincre les jobbeurs de bois qu'ils auraient été la risée du canton s'ils n'avaient pas embauché le meilleur bûcheron du pays? Comment empiler derrière leurs yeux des cordes et des cordes du bois le plus franc? Sinon avec la parole, comment amadouer les capitaines de bateaux? Comment faire déborder les cales de morues et l'imagination de recettes? Les acheteurs de peines finissaient par consentir et le reste était l'affaire du coeur à l'ouvrage. Du reste, monsieur Aexande en cause peu, tant va de soi les actions d'éclat dans les bois et les hauts faits sur la mer. Les veilleux le savent aussi qui ne s'émeuvent guère que des événements advenus par delà l'horizon du village...

Derrière la maison, chaulée du dernier printemps, vers la fin, assis sur sa bûche, le grand-père Aexande mourait à gosser des branches de tremble. À regarder vers le haut du champ l'éclaircie entre les terres voisines. Fier de son défricheur de père, heureux de cet espace gagné sur la forêt. De plus en plus fatigué sous son chapeau taché d'huile de charbon. Des travaux durs à Arvida-l'aluminium et des va-et-vient obligés sur le lot quatre du bois de chauffage... Fatigué des exploits racontés à Peter Johnson, au clan des Giroux, aux Dea, à Pierre, Paul et Françoé dans le magasin général d'Arthur l'épicier-barbier-jonglard inquiétant... Des histoires pour eux-mêmes et pour les enfants de l'école d'en face... Toutes ces <<terribles affaires et ces faits vécus>> tombaient bien dans l'univers blanchi des Marie-Claire et des François de l'hygiène et de la bienséance...

Par ailleurs, secret le grand-père Aexande... soixante et treize années d'orgueil dans les bras et de silence aux repas, cela va de soi... pas d'émotions personnelles à dire, motus le siècle, comprenez à demi-soupir... si difficile de travailler pour presque rien, de construire des histoires, des attrapes, des poulaillers, des porcheries... difficile de porter la terre entière, lot par lot, depuis la barre du monde... de transmettre une certaine façon de voir le monde et l'existence... Sainte-Olivine... la barre du jour...

- Jériboire... c'est le moulin de Chandler ça, là-bas! s'écria le père Hibou, quand il distingua les bâtiments de la Gaspésia Pulp and Paper. Son exclamation surprit Raviluc qui secoua la tête. Il manoeuvra le manche à balai et l'avion quitta le rivage pour l'intérieur des terres. L'appareil perdait de l'altitude. Le jour se levait peu à peu. Les maisons de Sainte-Olivine apparurent au père Hibou. Le CL-215 descendit encore et le vieux se fit petit sur son siège. L'altimètre indiquait mille pieds.

L'appareil suivit le rang et, bientôt, on put reconnaître en bas les maisons autour de la terre familiale. Raviluc se crispa et inclina l'avion afin de tourner vers le littoral. Un arc de soleil dépassait l'horizon; une lumière jaune commença de colorer l'eau, les champs, les arbres. Le bimoteur plongea à cinq cents pieds vers l'eau salée. Aucun vent ne brisait la nappe du golfe. Le pilote guida le citerne parallèlement au rivage. À cinquante pieds du plan d'eau, il commanda la sortie des écopes et, dès la prise de contact avec l'eau, augmenta la vitesse de l'appareil et la maintint au maximum les dix secondes que dura l'écopage. Les deux citernes du CL-215 se remplirent, les écopes furent escamotées et Raviluc remonta l'avion. Des sueurs collaient sa chemise à son dos et ses cheveux à ses tempes. Il tremblait de fatigue, de désarroi, de rage. Ce retour en arrière avait creusé la cicatrice du drame. Le septuagénaire geignait à côté de lui, les mains soudées à son siège.

L'avion revint vers Sainte-Olivine avec sa charge d'eau salée. Pour atténuer la tension, Raviluc respira profondément. À nouveau, il survola la terre paternelle: au milieu d'elle, le vieux poulailler et l'ancienne porcherie penchaient leurs charpentes grises. Ce deuxième passage du bimoteur, à basse altitude au-dessus des maisons, fit sortir les villageois matinaux sur les perrons et acheva d'éveiller les autres. Ils virent l'oiseau vrombissant tourner au-dessus de leurs têtes et revenir à pleine vitesse vers la terre de Ferdinand à Aexande. Les voisines en jaquette, les voisins en camisole suivirent la descente de l'appareil. La coulée, le haut du champ. L'avion survola le champ à cent pieds pendant quelques secondes, se rapprocha davantage des marguerites... À cinquante pieds maintenant, à folle allure, juste avant de passer au-dessus du poulailler, l'avion laissa tomber un immense cône d'eau salée... La masse d'écume frappa de plein fouet le vieux bâtiment de bois qui fut arraché de ses fondations et aplati littéralement à deux cents pieds de son emplacement premier.

Les curieux crièrent au fou, imaginèrent des vengeances contre la famille. Ils réveillèrent ceux qui dormaient dur pour partager le spectacle. Des exclamations d'inquiétude et de plaisir contenu leur échappèrent quand l'avion destructeur revint en plongée non équivoque vers la porcherie abandonnée. Le pilote baissa le monstre jusqu'à cinquante pieds encore et fonça sur la vieille bâtisse, toute seule au milieu du champ... Cette fois-ci, le déluge largué tomba un peu en avant du bâtiment, entra en trombe par la porte et les fenêtres et sous le violent impact fit voler aux quatre vents les planches et les madriers vermoulus de la porcherie.

Toutes éparpillées les cabanes à fumer des mégots en cachette... plus de chambres des joueurs de balle molle... plus de vieillissement immobile... plus de grimaces dans le dos du grand-père, le dimanche... bien lavée la mémoire d'Aexande l'inventeur de si belles histoires, l'artiste du dépaysement, l'architecte des poulailler et porcherie... plus de monuments gris cernés par les aulnes et les chardons... plus de reliques vétustes et dérisoires... plus de poignards dans la poitrine des survivants... finie l'histoire triste... triste comme Raviluc ne les avait jamais aimées.

35.

Des sorbiers d'Amérique et des peupliers faux-tremble touchaient leurs branches au-dessus des chatoiements de l'onde. Prunelle et Raviluc franchirent le ponceau rustique enjambant un ruisseau et marchèrent vers l'élégante villa au centre du parc de Métis. Ça sentait le dimanche dans l'air des jardins, dans les gestes des gens. Le soleil de la mi-juin jouait à cache-cache avec l'été dans la tête des saules, des cèdres et des sapins bleus.

Les allées du domaine Reford s'étiraient invitantes et propres entre les branches basses et les talus fleuris. À gauche et à droite, des plaquettes nommaient les arbustes, les arbrisseaux et les plantes. On avait bien identifié chaque élément du petit univers. Prunelle avait enlevé ses souliers; elle s'élançait d'une pierre à l'autre, le long de l'eau. Raviluc s'accroupissait au bord d'un

167

sentier pour photographier son amie dans la liberté des fougères. Ils doublèrent le grand manoir blanc et parvinrent au bord de la falaise.

Devant, le vide de brume bleutée et la mer-fleuve. Devant, l'immensité du ciel neuf et l'innocence de la saison. À gauche, en bas, la rivière Mitis coupait le feuillage et le sable rose avant d'entrer dans l'eau salée. Quelques baigneuses s'ébrouaient dans l'eau jade en poussant des cris de plaisir qu'on entendait jusque sur la falaise.

Prunelle et Raviluc s'assirent sur un banc de bois, au bord du ciel. Les mains en pare-soleil, ils jaugèrent le fleuve. Les enfants suivaient des yeux le cerf-volant des baigneuses, jusqu'à l'éblouissement. La tête contre le dossier du banc, Raviluc se détendait; la caresse du vent sur son visage lui desserra la poitrine. Quelques phrases mélodiques d'un piano traversèrent sa mémoire. L'agrément lui dessina un sourire. Le souffle doux de l'air sur sa nuque le fit frissonner. Devant, l'horizon s'éloignait pour faire place à la saison des possibles; devant, l'espace appelait tous les cerfs-volants du monde, tous les apaisements dans son ventre bleu.

Ils allèrent pique-niquer sur l'herbe. Prunelle coucha une nappe blanche sous l'envergure d'un saule. On disposa le contenu du panier sur le coton: fromage, pâté de campagne, miches de pain, jus de pomme, etc. Ils s'agenouillèrent sur le périmètre de dentelle. Dans ce petit monde nommé au pied de la lettre, Raviluc se sentait à l'aise. De ses jumelles, il scrutait les inscriptions au ras du sol, en latin et en français: mélèze laricin (larix laricina), genévrier commun (junipérus communis), ostryer de Virginie... tilleul glabre... pinus resinosa... Prunelle avait son sourire du dimanche. Ils mangèrent lentement, les yeux pleins de la tranquillité verte des alentours. Le goûter les fit bâiller et s'allonger.

Ils rêvèrent le visage dans l'ombre, le dos contre la terre. La vie continua sans eux dans le Parc. L'été qui venait rendait Prunelle heureuse. Raviluc respirait pour le plaisir. Entre deux bols d'air, il lui souffla: "Pour les papiers... veux-tu m'accompagner à Montréal?"

Le lendemain soir, le téléphone arracha Raviluc aux Gnossiennes de Satie.

- Zoé Lizotte des Courtiers immobiliers monsieur... pour la maison que vous nous aviez demandé de repérer... faudrait que vous veniez visiter... ce soir avant neuf heures et demie monsieur... c'est à Pointe-au-Père... je vous donne l'adresse.

Il passa prendre Prunelle. Sur le boulevard René-Lepage, l'auto roula vers l'est. L'agent les attendait avec un sourire professionnel et une main chaleureuse. Devant la maison, Prunelle et Raviluc se regardèrent, étonnés... La courtière leur fit voir la chambre, la salle de bains, la cuisinette et le vivoir. Elle souligna l'économie de chauffage, la lumière tout le jour, la grandeur des fenêtres et la proximité de la mer. Ils firent seuls le tour des pièces, se tenant par la main. Sur le balcon, on promit à l'agent de réfléchir. Dans l'auto, après un silence, Prunelle demanda à brûle-pourpoint:

- Est-ce que ça te dérange que ce soit une maison... mobile?

- Je sais pas pourquoi... mais me semble que j'aime mieux...

- Une belle maison ...

- ... sans domicile fixe...

Quand il était petit, on lui avait révélé - en chuchotant - les noms des trois soi-disant penchants naturels: l'instinct de conservation, l'instinct sexuel et l'instinct de propriété. Plus tard, sa cousine marxiste-léniniste révolutionnaire avait laissé entendre que le dernier penchant était le moins naturel des trois et même qu'il venait avec l'éducation de par ici et même qu'il n'avait rien d'un instinct. Son père avait toujours voulu une maison. Le père de son père aussi. Et tous les défricheurs de la tribu avant eux. Le désir d'un nid à soi. Il aimait confusément cette sonorité. Avoir à soi. Il entendait encore le quêteux: *La terre est la chaussure / de ceux qui n'en ont pas / La terre est la voiture / de ceux qui voyagent pas*. Quand il y pensait, n'être pas propriétaire de l'espace sous ses pieds, c'était plus désolant qu'être locataire de ses souliers. Qui aurait les titres de propriété pourrait disposer des chaussures et reprendre des places au soleil. Raviluc se sentait assez maître de son temps; il songea qu'il devrait peut-être en être de même pour son espace...

Normandise qu'il avait aimée disait ne s'aimer nulle part. Elle parlait de se trouver plus belle ailleurs. Elle croyait à l'existence d'un espace qui décuplait la susceptibilité de chacun au bonheur. Qu'elle appelait le centre du monde. Pour être heureux, il y avait *lieu* de trouver ce point personnel. Grandir voulait dire: partir d'ici, et s'il le fallait: changer d'amour ou d'utopie. Vu la difficulté de trouver le centre de gravité de son monde. Elle considérait la quête du bonheur comme un problème géographique. Le malheur du monde s'expliquait par la sédentarité largement installée de ses habitants. Ceux qui parlaient de "changer le mal de place" flirtaient avec une grande découverte... Pour Normandise, la grande question n'était pas *comment* être heureux mais *où* l'être?...

36.

L'autobus entra au Terminus Voyageur vers midi. Une chaleur suffocante accueillit Prunelle et Raviluc à leur descente. À l'intérieur de la gare, des voyageurs de toutes provenances et destinations se rafraîchissaient aux fontaines et s'éventaient avec le dépliant des horaires. Une odeur de frites et de vinaigre annonçait le menu du snack-bar au fond du hall. La voix du haut-parleur répéta l'ultimatum aux passagers pour Toronto: quatre minutes pour ranger les bagages et trouver un siège libre.

Dehors, le soleil de juin et l'air lourd de Montréal les attendaient. L'après-midi s'annonçait pénible pour les piétons et les moteurs: les autobus s'essoufflaient, les grosses personnes s'épongeaient. Les deux trottoirs de Sainte-Catherine promenaient une foule dense et pressée. Raviluc serra plus fort la main de Prunelle pour empêcher que le flot des marcheurs ne les sépare. Lui riait de tout et de rien; il avait l'adresse de son père en poche, pour plus tard. Tout à ces couleurs qui bougeaient, tout à ces visages anonymes qu'ils croisaient, ils ne parlaient pas beaucoup. Ils songeaient à des banalités: que d'énergies dans cette masse remuante, quelle somme de mystères dans cette vague humaine. Le soleil atteignait le maelstrom vivant au croisement des rues. Étourdis, Prunelle et Raviluc se réfugièrent sous un auvent de toile. Pour souffler.

Pour se rafraîchir, ils achetèrent deux boules de crème glacée au bar laitier. Ils firent des grimaces blanches aux employés qui retournaient à leur bureau. Des nuages filtrèrent d'un coup la lumière du ciel. Fatigués par le voyage, l'asphalte chaud et l'appréhension, ils cherchèrent un hôtel. L'heure du jour avait découragé le lèche-vitrine, comme élargi le trottoir. Empruntant les rues transversales, ils notèrent les drapeaux fleurdelisés aux balcons et les cordes tendues pour recevoir des banderolles. Ils s'inscrivirent à l'hôtel Holiday et gagnèrent leur chambre du vingt-troisième étage.

Quand Raviluc s'éveilla, l'obscurité prenait toute la place. Il se leva et vint écarter les rideaux de la fenêtre. En bas, la rue Sainte-Catherine avait tassé les édifices noirs et beiges pour s'étirer en ligne droite. Des paires de phares la suivaient d'ouest en est. Une immense lampe de poche tournoyait sur le toit de l'édifice de la Place Ville-Marie, sans arrêt. À cause des clignotants rouges en haut des mâts et des cônes lumineux en rotation nocturne, les avions ne s'écrasaient pas contre les murs de verre. Mille ampoules rassemblées en croix sur le Mont-Royal se découpaient sur le ciel. Un chapelet de feux orange suivait l'horizon gauche de la fenêtre. Le sang lumineux de l'artère Sainte-Catherine épaississait à vue d'oeil. Tout un coin de rue tournait avec l'enseigne du restaurant Sélect. À droite, le Terminus Voyageur rendait à la rue ses passagers de nuit. La lune se hâtait vers son dernier quartier. Il faisait ville dehors.

Raviluc laissa retomber la toile. Longtemps, il fixa le plafond étranger, privé de la détente qu'il appelait. Depuis le pont Jacques-Cartier, un stress barrait sa poitrine. Il s'avoua que la présence de son père, non loin, le troublait plus qu'il n'aurait pensé; cette confidence à lui-même le calma un peu, beaucoup, assez pour que le sommeil l'accepte...

Les balcons verts des tours d'habitation

172

distrayaient le regard. Sur le toit en escalier de l'Université, le soleil séchait l'humidité nocturne. Les revenants du quart de nuit croisaient les travailleurs matinaux aux bouches de métro; le centre-ville s'éveillait. De leur fenêtre, Prunelle et Raviluc embrassaient ce paysage urbain, les yeux à la hauteur du coq de Saint-Jacques.

La faim les guida vers la salle à manger de l'hôtel; ils choisirent une table près des fenêtres donnant sur la rue. Prunelle dit son grand appétit et la serveuse versa le café. On discutait avec animation aux tables voisines. Raviluc suivit la fumée de son café jusqu'à la hauteur d'une banderolle traversant la rue Saint-Christophe: "Bonne fête de la Saint-Jean", pouvait-on lire en lettres bleues sur le tissu immaculé. Sous la table, Raviluc remuait sans cesse les jambes; la cigarette qui se consumait seule dans le cendrier de la table d'à côté l'agaçait outre mesure.

Prunelle avait déposé près de son assiette son Histoire de la Gaspésie. Pour se donner contenance, Raviluc prit le livre et l'ouvrit vers la fin; des bouts de phrases dansèrent dans sa tête... "les communications ont atténué ses particularismes... cela a coûté une bonne part de l'originalité gaspésienne... l'hospitalité traditionnelle modifiée... les ménagères placotent par téléphone maintenant... la mobilité des gens... le sens de l'entraide moins spontané... plus individualiste... jadis ces artisans de la débrouillardise... le langage gaspésien et ses accents particuliers... dans le laminoir du village global... reprendre ce qui les faisait différents et l'intégrer comme ferment... volonté collective...". Il referma le bouquin. Par la fenêtre, il vit que le magasin de la Société des alcools ouvrait ses portes.

Dans la rue, il serra fortement la main de Prunelle. Ils marchèrent vers le nord puis vers l'ouest jusqu'à la rue Saint-Denis. Des fils pleins de fanions triangulaires traversaient la rue au-dessus des voitures. Raviluc ne disait mot et se bornait à lever la tête vers les drapeaux blancs et bleus accrochés aux balcons de la rue. Ou bien inutilement, il vérifiait l'ordre croissant des numéros civiques... Un camion de la Ville déchargea des barricades pour contenir la parade du lendemain. À Sainte-Olivine, à Rimouski, à Montréal ce serait les Fêtes de la Saint-Jean.

- C'est là! s'exclama tout à coup Raviluc, en indiquant un balcon de l'autre côté de l'avenue.

- Où ça? sursauta Prunelle.

- Là... tu vois le balcon rouge... c'est le bon numéro!" fit-il, s'assurant que les chiffres du bout de papier remis par Johnny Cyr coïncidaient avec ceux de la plaque.

Prunelle lui prit le bras et ils franchirent la rue au pas de course. Raviluc ravala sa salive. Ils tinrent la rampe pour grimper l'escalier. Sur le palier, il vérifia l'adresse une autre fois, remit le papier dans sa poche, respira profondément et sonna. Durant le siècle que dura l'attente, le coeur de Raviluc fit plusieurs fois le tour de sa poitrine; il serra plus fort la main de Prunelle pour s'apaiser. La pièce de toile dans la fenêtre de la porte bougea, Raviluc se mouilla les lèvres, la poignée tourna, Raviluc recula d'un pas et la porte, brusquement, s'ouvrit toute grande. Une bedaine énorme au-dessus de bermudas barra l'entrée. Le gros homme cligna des yeux, passa une main dans ses cheveux gris-roux et, pour ménager sa jambe de métal, s'appuya contre le chambranle. Les effluves d'une soupe aux choux leur parvinrent et Prunelle dit: - Bonjour bonjour!

La camisole d'un blanc douteux laissait voir les

bras musclés et le poil roux-gris de la lourde silhouette dans l'embrasure. La tête relevée, Raviluc articula: - C'est moi papa... comment ça va?

- Ah! ben misère-du-yâb... un revenant! s'exclama le père.

37.

Toute la lumière de la pièce entrait par la fenêtre donnant sur la ruelle. Volontaire, Memère fixait l'objectif, sur une photo jaunie au mur; debout derrière elle, son mari semblait absent. Le Bonhomme devait dormir sur le divan-lit serré entre une petite commode sans miroir et deux téléviseurs posés l'un sur l'autre.

La soupe aux choux mijotait sur la cuisinière électrique dans la cuisinette où Ferdinand D... dosait l'assaisonnement et réglait les éléments... Prunelle et Raviluc s'étaient assis à la table contre le mur face au réfrigérateur. Elle souriait, amusée du désordre des lieux et Raviluc retournait sans cesse entre ses doigts le bout de papier de l'adresse. La télé jouait bruyamment. Son père s'intéressait à la soupe et Raviluc eut envie de partir loin, très loin...

- Vous êtes bien installé! lança Prunelle.

- Ouais... c'est en masse correct pour moé..., dit le Bonhomme.

- Ça fait longtemps que vous demeurez ici... rue Saint-Denis? continua-t-elle, pour alléger l'atmosphère.

- l' me semble que ça fait vingt ans, misère-du-yâb!

- Ça me paraît tranquille dans ce coin-ci... est-ce toujours comme ça? renchérit-elle, regardant Raviluc.

- ... tranquille assez... pas d'arrêt d'autobus sous les fenêtres... ni de discothèque autour c'est vrai... mais la tranquillité vous savez! fit le Bonhomme, énigmatique.

Raviluc observait son père de dos; il ne pouvait détourner ses regards de la jambe artificielle du gros homme. Comment était-ce arrivé? Et quand? Ces questions ajoutaient à son trouble.

- As-tu vu tit gars cette amanchure? lança le Bonhomme se retournant vers Raviluc et lui indiquant du menton sa jambe de métal et de fibre de verre.

- ... oui... oui... je me demandais justement comment...

- C'est les maudits docteurs de mes fesses qui m'ont estropié l'hiver d'y a deux ans... tout ce dégât pour un simple orteil gelé, misère-du-yâb!

- Comment ça monsieur D...? fit Prunelle.

- ... jusse le gros orteil que je me suis gelé, pis qu'i' ont pas pu guérir par rapport qu'i' m'ont coupé l'ongle trop dans la chair... mais ça me surprend pas, les docteurs ont jamais guéri personne... ils donnent des pilules trop tôt ou ben ils coupent trop tard... aïe la gangrène s'est mise à noircir mon pied en février... les maudits pas bons! s'emporta le gros homme, adossé au comptoir de la cuisinette.

- Et puis, là... es-tu correct? demanda bêtement Raviluc.

- Si un homme infirme peut être correct, chu ben correct... prends une frette avec moi!

Raviluc se mordit la lèvre. Il enleva son veston et libéra un bouton de sa chemise. Il respira mieux. La chaleur de la ville, la lourdeur de l'atmosphère l'accablaient, aggravaient sa fébrilité. Et quand le Bonhomme lui tendit impérativement la bouteille brune et froide, il la prit sans hésiter, avec reconnaissance. Le gros homme les rejoignit à la table et ils burent à l'été, à la Saint-Jean, "à tout ce que vous voudrez", ajouta Ferdinand D... Il ingurgitait comme s'il se fut agi d'eau douce le contenu des bouteilles brunes. Sa bedaine poussait la table vers le mur à chaque levée de coude.

Prunelle alla faire glisser le couvercle de la casserole pour humer à loisir les effluves de la soupe.

- Permettez que je goûte? demanda-t-elle avec un bon sourire.

- Envoyez donc mademoiselle! fit l'homme, le regard adouci.

Le Bonhomme décapsula deux autres bières, but d'un trait la moitié de l'une et déposa la seconde devant "le revenant". Celui-ci ne reconnaissait pas son père dans cet homme au ventre proéminent, à la couette décolorée, à la jambe mécanique. Seuls les yeux gris, le carré d'épaules et la mâchoire volontaire trouvèrent un écho dans sa mémoire brumeuse. La télé allumée se mit à cracher des musiques et des grimaces disco. Prunelle vint prendre son sac, en retira le gros livre d'histoire gaspésienne et s'affala sur le divan-lit. Les deux hommes attablés se mesurèrent du regard, un instant. Le Bonhomme sortit une caisse de vingt-quatre de la garde-robe, la tira près de la table à l'aide de sa canne, s'assit en face de son fils et se roula une cigarette.

- Ouais mon homme, c'est pas drôle... aller à l'école des médecines si longtemps... jusse avoir la couleur des pilules à choisir comme responsabilité... un simple orteil... pas la maladie de coeur ni le cancer toujours ben... jusse un orteil gelé, pis ma faiblesse de les laisser me jouer dans la chair... une dernière chance que tu leur donnes, pis tu te ramasses avec rien qu'une patte... avoir su saint-crème, j'aurais dégelé ça avec de la neige pis de l'eau tiède comme on faisait dans le temps... dans le temps qu'on se fiait jusse à nous autres, pis qu'on allait chier tout seul sans traîner sa carte-soleil, misère-du-yâb!

- T'as pas perdu ton penchant pour les exagérations, on dirait papa?

- Exagérations, exagérations? Ça fait quinze mois qu'i' m'ont scié la jambe en bas du genou avec une chain saw, pis si je te disais que j'ai encore mal à l'orteil des fois... penses-tu que j'en rajoute quand je te dis que j'ai des élancements dans le gros orteil que j'ai même pus?... hein, penses-tu que j'exagère?...

- Non non pour ça tu dois le savoir mieux que...

- ... tu me fais ben penser aux nouveaux docteurs en jeans crottés qui trôllent les infirmières à gros tetons au lieu de s'occuper du monde qui attendent à l'urgence... aïe i' ont voulu m'arrêter de fumer en plus les maudits... c'était-pas-bon-pour-mon-irrigâtion... vois-tu ça d'icitte... c'te maudite gang de pas bons, maigréchines, sorciers subventionnés, qui me disent la yeule en cul de coq après m'avoir rendu infirme... qui me disent: t'es pas raisonnable Ferdinand... oui, pis ça me tutoyait comme si on avait fourré les mêmes truies... ben crisse, je leur ai pas envoyé dire aux trois quatre flancs mous diplômés qui se relayaient pour me reluquer le moignon... je leur ai dit moé les boys... avec une chain saw, c'est des arbres gras durs que j'ai coupés toute ma vie, pas des os malades, misère-du-yâb...

- Je vois pas le rapport avec...

- ... pis à part de ça quand j'allais à la clinique externe pour les contrôles, je me greyais d'une boîte de cigares à une piasse chaque pis je les fumais tout le temps des examens dans le petit bureau de mon doc régulier... ça fait que les petits gnochons de girouettes, i' m'ont supplié de revenir à la cigarette, ah! ah! vrai comme je vous vois... des farfineux à cent mille piasses, des empoisonneurs de vie restante, des voleurs assurés de tous côtés, des bandits instruits, des pushers de suppositoires, des nuisances publiques, les misère-du-yâb! Veux-tu une autre bière tit gars?

- J'ai pas fini ma première.. mais je prendrais une cigarette par exemple...

- Tu fumes astheure?

- Juste des fois.. pas souvent... je vais fermer la TV ok?

Le Bonhomme ralluma sa cigarette éteinte et décapsula deux autres bières. Raviluc buvait et fumait pour occuper ses mains et donner le change à son père.

- Ça suffisait pas faut croire d'avoir des histoires avec la médecine, reprit le gros homme, v'là t'i pas que le propriétaire veut faire son jars pis me menacer de la porte... ah! ben que j' y ai dit... toé chauffeur de taxi de mes fesses, t'as besoin de te lever de bonne heure pis de crinquer ton compteur plus vite que ça avant que j'lève le flag... cinq jours de retard dans le paiement du loyer pis ça s'énarve... c'est toujours pas de ma faute si le Bien-Être se pogne le cul, si les facteurs se pognent le cul, pis si nos chèques arrivent pus... c'est pas des raisons pour faire asseoir le pauvre monde sur les bancs de neige...

- Après les médecins, les propriétaires! Tu te fais encore des amis dans tous les milieux papa...

- Qu'est-ce tu veux, chu sociable! (Il rit jaune) Faut pas se laisser faire par tout un chacun tit gars! Aïe écoutez ça... une journée j'arrive icitte, pis tout mon linge est en bas de l'escalier, pêle-mêle dans des boîtes de cartons... là tit-gars, j'ai vu rouge, rouge comme

quand un de mes jouaux contrairait, pis chu aller dret
là chanter pouilles à la bonne femme du propriétaire...
après l'avoir engueulée à mon goût, j'ai câllé la police:
j'y ai droit vu que j'ai payé ben des taxes dans ma vie...
i' arrivent les deux boeufs pis je leur montre mes boîtes
de butin dans la neige, un reçu de mon dernier loyer pis
mon chèque du BS que je venais tout jusse de recevoir
ah! ah!...

- Et puis?

- ... i' ont ben vu les deux gorlots, que j'étais dans
mon droit pis i' ont dû dire au grand crisse de propriétaire, arrivé les baguettes en l'air sur les entrefaites, de
remonter mon linge dans le logement vu que j'avais
l'argent pour payer... là mon gars, j'ai joui en pas pour
rire de regarder le bonhomme pis la bonne femme
charroyer mes boîtes à force de bras, une par une, dans
l'escalier de glace...

- Tu devais être content là, en haut de l'escalier:
mettre des gens à ta main...

- Tu peux le dire! Fier comme un coq! Je les
dirigeais de ma canne... lui était bleu comme le char de
mes deux polices, parqué de l'autre bord de la rue...
elle, suivait son mari comme son ombre... plus vite, on
gèle, que je leur criais de temps en temps pour les faire
étriver pis pour qu'ils restent bleus les saint-crème... aïe
pis le pire, c'est qu'une fois toutes mes guenilles en
haut, i' ont dû les mettre sur des supports, les misère-
du-yâb, sans ça je câllais mes gorlots de chums en
bas... je m'ai assis dans la berceuse, j'ai allumé une
faite, j'en ai décapsulé une frette, pis là j'ai câllé les
sets... la valse des propriétaires... demi-tour à gauche...
la femme à la garde-robe... en refoulant le grand blême
dans l'escalier... plus vite que ça, le compteur marche...
attention aux faux plis, chauffeur... c'est mon habit de
noces celui-là... pis swing les tarlas dans mes boîtes de

cartons ah! ah!... une demi-heure de calvaire pour les deux ambitionneux... (Il baisse le ton et détache chaque syllabe) Tu peux dire que j'exagère tit gars mais tout ça, c'est rien pantoute à côté de ce qu'i' aurait goûté le grand fendant si j'avais eu mes deux jambes... c'est rien pantoute pantoute!

Le Bonhomme vida sa bouteille et fixa le vide. Raviluc sourit faiblement à Prunelle qui l'observait de temps à autre au-dessus de son livre. Une odeur de choux bouillis, de tabac et de bière flottait dans la pièce. Moins de lumière, on eût dit, parvenait à la table jonchée de bouteilles vides. Ferdinand D... dévisagea son fils et lui demanda tout à coup:
- Pis toé garçon... travailles-tu toujours ben?
- Bien oui papa... je te l'ai pas dit déjà?
- Comment t'aurais pu, j'ai pas de nouvelles de vous autres depuis des années, misère-du-yâb!
- Société de conservation de la Gaspésie... aéro-pointeur, fit simplement Raviluc ne relevant pas l'apostrophe, je dirige les avions qui éteignent les feux de forêt, c'est ça ma job!
- Ah! bon... ça paye-t-i' ben... pis l'hiver qu'est-ce vous faites? questionna l'homme, l'indifférence au fond de l'oeil.
- Bof le salaire ça va, j'ai une camionnette fournie en plus... pis l'hiver on prépare l'été...
- Ouais, tu t'es pas pire placé les pieds tit gars, c'est correct ça! Tu gagnes ta vie au moins! C'est ben correct ça! Pis vous mademoiselle, poursuivit-il se tournant vers Prunelle, votre gagne-pain?
- Patinage artistique... monitrice... c'est l'été ma saison morte!
- Couds donc: c'est le feu pis l'eau vos métiers! commenta le Bonhomme, dans un mouvement de

bonne humeur.

Ils sourirent à la remarque. Prunelle avait besoin d'air, surtout elle se sentait de trop dans la place: elle anticipait des règlements de compte. Elle embrassa Raviluc, annonça une promenade aux alentours et sortit, soulagée. Le Bonhomme fit voler la capsule d'une enième bouteille. Raviluc, un peu étourdi, l'imita. Le gros homme fit disparaître la moitié du contenu alcoolisé dans sa gorge.

- Prends-en toé itou, j'en ai en masse... j'en manque jamais, j'en ai jamais manqué, c'est mon oxygène en couleur!

- Oui, je vois bien que tu bois toujours aussi... facilement... moi, j'ai pas trop l'habitude...

- C'est un talent naturel mon tit gars: tu l'as ou bedon tu l'as pas. Moé je l'ai! C'est pas que t'as pas l'habitude, t'as pas ce talent-là c'est tout' !

Un filet du liquide blond contourna son menton, prit la courbe du cou et se perdit dans la camisole maculée. Le visage plus rouge et la bouche molle, le Bonhomme sonda le vide, s'avança sur le bout de la chaise jusqu'à la faire craquer et, sans prévenir, jeta à Raviluc:

- Mais dis-moé donc toé, d'où c'est que tu sors pour l'amour du yâb... des années que j'ai pas de nouvelles de toé pis de Rémi, pis des années que je vous en donne pas non plus, pis là, tout d'un coup, tu ressous dans mes parages, tu t'assis là pis tu m'écoutes raconter mes histoires de docteurs pis de propriétaires sans t'ouvrir la yeule... qu'est-ce tu viens faire icitte, maudit bordel?

Il avait parlé fort, ponctuant son dernier juron d'un coup de poing sur la petite table. Des bouteilles chancelèrent. Le coeur de Raviluc cognait déjà à gros coups contre ses côtes quand son père acheva son apostrophe. Il retrouva dans sa poitrine un malaise endormi, un couteau familier. Pourtant il s'était attendu à pareille attitude, mais, follement, avait espéré moins s'en émouvoir. Il se prit à songer que l'alcool avait gardé toute son emprise sur son père, qu'il avait toujours le même effet: court-circuiter la gentilhommerie naturelle de Ferdinand D... Raviluc respira, revécut le dernier printemps et envisagea franchement le Bonhomme.

- D'abord, tout ce que je sais de Rémi, c'est qu'il serait professeur de français au Lac Saint-Jean pis marié à une astrologue... je le sais par Grangalope... mais toé papa... Memère... lui as-tu fait savoir où tu étais?... sais-tu si elle est encore vivante ta mère, papa?... sais-tu qu'elle est malade pis à l'hôpital... de pas savoir où t'es l'aide pas à prendre du mieux... j'ai idée que ça t'empêche pas de dormir ni de boire qu'on reste muets... j'ai idée que le manque de nouvelles te dérange pas pour la peine, hein papa?

- Ah! ben tit gars les manières que j'ai avec ta grand-mère te regardent rien que pas... comprends-tu ça là?... rien que pas... mais t'as pas répondu à ma question finfinaud... qu'est-ce tu viens faire icitte tout d'un coup... pourquoi aujourd'hui après tant d'années... envoye, réponds!

- Je pourrais te donner trente-six raisons pour expliquer mon absence: dix ans qu'on s'est pas vus hein? Les études... le travail... l'argent rare... ton adresse introuvable... ton indifférence... la distance... elles seraient toutes bonnes... mais comme on dit "Y a toujours deux raisons pour pas faire une chose: une bonne et une vraie"... ça s'trouve que les bonnes sont pas les vraies... tu veux le savoir hein?... ça s'adonne que j'ai envie de le dire aussi...

- Ben enfarge-toé pas dans tes phrases pis dis-le

tit gars!

- J'ai cette pesanteur en dedans de moé chaque fois... chaque fois que je pense à toé... pis qui empire avec le temps... c'est un malaise plus fort que les devoirs de famille... c'est ce mal-là qui m'amène icitte papa... parce qu'il me lâche pas... c'est pas de gaieté de coeur que je suis là, ni avec l'empressement qu'on attendrait... d'un fils en situation ordinaire...

- Ah! ben maudit bordel! Tu vas aller au boutte de ça mon tit gars! T'as pris du pic on dirait, ben on va voir si c'est du solide!

Rouge comme une tomate mûre, le Bonhomme grimaça et, appuyé sur sa canne, marcha difficilement jusqu'à la commode, prit une poignée de gommes Ex-Lax dans un tiroir et revint en zigzag s'écraser sur sa chaise droite. Raviluc finit son verre d'un seul trait et le déposa avec fermeté sur la table entre son père et lui. L'alcool exacerbait son tempérament et l'audace qui l'envahissait peu à peu, le grisait jusqu'au bord des larmes.

- Ce que je fous icitte tout à coup comme tu dis... je l'ai pas espéré des mois pis des mois mais, dans le fond, je suis content qu'on soit en face l'un de l'autre, aujourd'hui... si je peux me défaire de quelques boulets, de quelques mottons qui compliquent ma respiration, trop souvent... mais c'est une affaire qu'on verra plus tard... parce que tout de suite, pour ce qui t'intrigue, je vais te la dire l'autre vraie raison de ma présence icitte!

- Accouche tit gars! Attends pas que la soirée passe!

Les hommes s'adossèrent plus confortablement de chaque côté de la table pleine de bouteilles et de capsules. Maintenant, le soleil entrait presque à l'horizontale dans la pièce. Le Bonhomme joua du décapsuleur à six reprises et il trouva encore de la place pour la bière, entre eux...

- Depuis cet hiver, commença Raviluc, Memère me relance à cause de la terre... elle se désespère chaque fois qu'elle m'en parle... parce que c'est sa marotte, à mon avis, la terre familiale de Sainte-Olivine... elle veut absolument que j'en retrouve les papiers... depuis février qu'elle me harcèle, c'est le mot... au début je m'en occupais pas trop, mais peu à peu, je me suis pris à son jeu... par curiosité d'abord, par compassion après, pis astheure je sais plus trop pourquoi... Memère est ben malade cette année... pis elle retient pas ses mauvaises habitudes... c'est rendu que la glace a plus le temps de fondre dans son cognac, pis qu'elle engueule tout le monde... c'est mon avis qu'elle a jusse la terre en tête!

- Ta grand-mère elle l'a toujours eu le talent de boire, y a pas à dire! Fais ça vite mon gars, j'aime pas m'étarniser sur les affaires du passé, j'aime pas ça pantoute!

Raviluc se frotta les paupières, secoua la tête comme s'ébroue le cheval fou d'avoine et raconta: - Je suis allé trois fois en Gaspésie depuis le printemps pour chercher les certificats de propriété... rien pu tirer du nouveau curé Croft ni du secrétaire municipal... ensuite le père Hibou, tu dois le connaître mieux que moi, m'a expliqué le statut de la terre... le transfert de père en fils et tout et tout... pis finalement à Chandler, un soir, un gars m'a dit que c'est toi qui avais les papiers que je cherchais, pis que t'étais à Montréal... il avait ton adresse... Cyr son nom, Johnny Cyr, un chanteur western astheure... lui aussi, tu le connais mieux que moi... c'est grâce à lui que je suis ici, grâce à lui que j'arrive comme ça aujourd'hui, sans prévenir... papa... je suis ici à cause de notre terre de Sainte-Olivine!

Raviluc, essoufflé, attendit la réaction paternelle...
Le Bonhomme desserra les dents pour jeter une boule
de gomme laxative et planter une cigarette entre ses
lèvres. Une rigole écumeuse avait barré son menton et
ses yeux de plus en plus rouges scrutèrent le lointain.
Le fils avait la tête qui tourne et la bouche qui s'anky-
lose.

- Ah! tu veux parler de la terre tit gars, m'as t'en
parler. Passe-moi une allumette.... Maudite gang de
têtes plates!

- À qui tu parles papa?

- Laisse faire! Dans les années quarante-cinq,
j'avais dix-huit ans...je pesais cent quatre-vingts livres
déjà... ça faisait neuf ans que j'allais pus à l'école, ça
faisait neuf ans que je travaillais... le père Aexande
chez-nous, était parti chercher de l'argent dans l'aluminium d'Arvida... les plus vieux de mes frères étaient
déjà en ville icitte... ça fait que j'étais tout seul
d'homme avec Aldège... dix-huit ans ou ben treize ou
ben vingt et un... ma mère m'a dit: Ton père parti, c'est
toé l'homme de la maison... c'est à toé de prendre soin
de tes soeurs, de moé, de la maison pis des dépendances... c'était quand les circonstances passaient
avant l'âge... il fallait ce qu'il fallait...

- Pourquoi partir de si loin papa pour...

- ... Aldège pis moé, je m'en souviens câlissement
ben... on allait sur notre lot à bois du Rang Quatre, fallait bûcher pour le chauffage de la cabane de bardeaux,
notre maison... tous les deux jours de l'hiver... couper,
charger, charroyer, décharger, débiter en bois de poêle,
ce maudit bois brûlé... noir comme du brai... vous avez
ben fait' un peu pareil Rémi pis toé, un temps...

- C'est-i' nécessaire de remonter...

- ... la vie de bûcheron à dix-huit ans, ça c'est
autre chose... la vie dans les campes à Frank Loiselle,

d'octobre à avril, avec sortie à Noël s'i' avait pas de tempêtes... vivre dedans l'hiver, le vrai... une chance qu'i' avait l'été pour revenir au bord de l'eau, se marier, starter la famille, se réchauffer les sangs, misère-du-yâb... pis t'es venu me parler de la terre, pis de tes mottons tit gars... eh! ben crisse on va s'en parler astheure qu'on est là, pis qu'on est seuls, pis qu'on a du sérum de vérité en masse, pis qu'on a le temps, pis que c'est le temps ou jamais vu la Fête des Canayens français demain... on va mouiller ça ces quatre vérités-là!

- Moi, j'ai oublié des grands bouts du temps...

- Moé, je m'en souviens câlissement ben! Tout ce que vous voyiez, vous autres, de mon temps de bûcheux, c'étaient les boîtes de Corn Flakes miniatures que je chipais au cook du chantier pour vous-autres à Noël... vos yeux s'agrandissaient de voir les petites boîtes... quand t'es payé à la corde pis que t'es loin des hôtels pis de chez-vous, tu niaises pas dans le lit' le matin, je t'en passe un papier... quatre heures du matin, debout' pour s'habiller pis déjeuner à la noirceur... pas les moyens d'espérer le soleil dans nos bottes... s'arranger pour arriver dans notre coin de coupe jusse au moment où tu peux distinguer ton sciotte à la lueur de la barre du jour... pas de temps à perdre quand t'es payé à la corde cordée... c'est toé qui décide de ton salaire...

- Ça oui, je m'en souviens: tu nous l'as assez dit que tu te sacrifiais pour nous-autres...

- Laisse-moé donc parler tit gars! Laisse-moé te dire que tu combats le fret noir sec en pensant au linge des enfants, pis à leurs livres d'école, pis au toit de l'étable qui coule... tu te réchauffes jusqu'aux Fêtes en gigotant au boutte d'un godendard ou ben en swignant ta hache... i' me fallait mes douze cordes par jour pour arriver, pour me payer de ma peine... pis un coup parti aussi ben s'échiner pour le record du campe, tant qu'à se crever autant que ça se sache jusqu'au fond du comté... c'est quasiment pas imaginable quand je le conte...

- Pourquoi faut-il ressasser tout ça papa... je veux jusse...

-... la neige en-dessour des bras du petit jour à la brunante... trempé jusqu'à la moelle passé onze heures... les calculs à l'heure du lunch avec ton partner pour figurer le fardeau de l'après-midi... des sandwiches à la graisse de grillade... les tartes du cook épaisses comme des rondins... du thé assez fort pour passer deux nuittes blanches si ç'avait pas été d'la fatigue... pis l'ébranchage, le toppage, le skiddage avec des jouaux faits pour... pis le soir le souper avec des assiettes pour hommes seulement... une couple de combats d'oreiller, deux trois tounes de musique à bouche... le sommeil profond comme un puits... un bûcheux ça dort comme une bûche, tout le monde sait ça... pis recommencer le lendemain, comme tous les jours après, comme une horloge... des journées toutes pareilles... la terre hein, tu veux me parler de la terre, ben tu peux pas le faire sans savoir ce que ça veut dire: vivre sur une terre en Gaspésie... t'as entendu l'hiver que je viens de te raconter... i' a du physique d'homme dans le décor en misère-du-yâb, du muscle, de la sueur, du devoir obstiné, de l'acharnement aveugle... c'est la loi de l'Etre suprême, qu'i' disait l'aumônier... pour moé câlisse, c'est dans ce temps-là que l'expression "gagner sa vie" a été ramassée!

La fenêtre du vivoir ne voyait plus le soleil. Des dizaines de bouteilles vides avaient roulé sur le tapis, le cendrier débordait, la fumée bleue des cigarettes sur cigarettes raréfiait l'air respirable... Raviluc buvait comme un automate au rythme des paroles de son père; le vertige de l'autodestruction l'avait pris, son coeur menaçait de fuir. Sans dessus dessous, son univers de mal de mer.

- Pis le plus drôle, relançait le Bonhomme, c'est que passer l'été sur la terre pour moé, ça voulait dire le passer sur la mer... j'ai arrêté de compter le nombre de levers de soleil que j'ai vus dans le golfe... je les ai aperçus par-dessus mon épaule parce qu'i' fallait d'abord trôller ou ben jigger la morue aux petites heures ou ben lever les filets... les crocs dans les paumes, l'eau salée dans les plaies... la mer, i' a rien de plus réglé sur la terre... fallait ben suivre la danse du bateau... une chance que j'aime danser pis que le mal de mer m'a jamais pogné... mais j'en ai vu se renvoyer l'estomac par-dessus bord pis le toffer vide quarante-huit heures...

- Quarante-huit heures sans manger...

- Oui tit gars, mais c'est rien à côté de l'idée que t'as vu ta femme pis tes enfants pour la dernière fois peut-être, quand tu regardes le quai s'éloigner... oui oui, la mer démontée de tous côtés, comme en furie d'avoir trop de picosseux sur son ventre, à lui farfouiller les entrailles... je te le dis comme je le sais, sans en rajouter ni en ôter... pas besoin... les mers d'automne, je m'en rappelle des pires... à te manoeuvrer un dragueur comme le vent un mouchoir de femme sur la corde à linge... c'est arrivé ben des fois qu'on rentre au quai de Grande-Rivière plus fiers que forts... plein nos cales de poissons frais... heureux d'avoir battu la mer une fois de plus... soumettre la nature, mon gars, i' a pas jouissance plus tirailleuse... ouais... pour se reposer du bois, on pêchait dans le golfe pis dans la baie itou, pour se gagner un salaire pis manger frais... pis qu'est-ce tu voulais qu'on fasse sur la terre hein?

- Ben une terre c'est supposé donner...

- C'est supposé pis c'est toute! Une fois que t'avais labouré, semé, retourné tes deux cents sillons par-dessus tes germes au début de l'été, t'étais pas pour surveiller les chardons parasiter la récolte... aux enfants, ça leur faisait quelque chose à désherber pour se rendre utiles... ça fait qu'en attendant les foins du mois d'août, i' avait la pêche pour se faire une piasse pis faire manger de la morue fraîche deux fois par jour à tout le monde... i' paraît que le phos-pho-re du poisson, ça rend intelligents ceux qui en mangent... en tout cas, ça rend débrouillards en crisse ceux qui veulent en manger...

- Ah! oui, c'est ce que maman disait pour nous faire avaler le turbot trop gras!

- Ah! la terre, la terre!... passer des dimanches à courailler des jouaux en chaleur dans les pacages à Elvin Watt... la moitié du rang en chemises blanches pour les faire entrer dans la grange... perdre des poussins à la douzaine, des poussins payés d'avance en plus à la Moncton Poultry Farm... vous les enterriez dans le tas de fumier, toé pis Rémi, en arrière du grand poulailler, le grand poulailler du père chez-nous... ah! le bonhomme Aexande pis sa porcherie pis son poulailler... j'ai jamais vu homme aussi fier de bâtisses pleines de marde grise pis de puces... une ben belle vie la vie de cultivateur sur une terre de Gaspésie!... un pacage de roches, un carré de pissenlits, une butte de misères, des changements de vie aux tournants de saisons... loin de la famille en hiver et pas tellement proche en été... par bonheur qu'i' avait des bouttes de printemps pis d'automne pour apprendre vos faces... c'était ça les circonstances...

- Elle t'a fait quoi la terre pour que t'en parles

comme t'en parles?

- Tu vas le savoir tit gars! Dans le fond, on sait ben que c'est pas la malice de la mer pour le coeur, ni le fret des grands bois pour le corps, ni la rudesse de la vie pour l'âme qui ont été durs pour moé... la terre, son crime, c'est de pas faire vivre le monde qui vit dessus, maudite misère-du-yâb... je leur dirai jamais assez fort aux prédicateurs des retours aux champs, aux disciples du premier colon, aux perroquets du curé Labelle... j'ai arrêté de tenir pour sacré un morceau de terrain qui me chassait des frimas d'octobre jusqu'à la Messe de minuit, pis du Jour de l'an jusqu'aux débâcles de la Nord... pour aller varger sur des épinettes... j'ai trop vu le désespoir de vivre enfermé entre quatre clôtures, la prison à ciel ouvert... tant la retourner la terre, l'engraisser, la soigner, l'entourer, la caresser de tes agrès, pis pour te remercier, elle se contente de remplir ta cave de patates pis ta tasserie de foin pis c'est pas mal tout'... pas mal tout' tit gars...

- Memère prétend que la terre élevait des familles de dix quinze enfants sans...

- C'est pas la terre qui les élevait nos flôs misère-du-yâb, c'est nous-autres... Memère a jamais connu mieux, c'est tout'! Quand t'as pas d'argent, ce qui est gratis vaut de l'or... trop mesquine la terre pour faire vivre comme du monde une famille de dix enfants pendant quatre saisons... la terre c'est mieux que rien qu'ils disaient, mais n'importe quoi, c'est mieux que rien... pour tout' te dire, la terre je l'ai en travers du cul, misère-du-yâb... c'est pas moé qui va aller faire brailler les petites vieilles de la campagne dans les clubs de l'Âge d'or avec des souvenirs snif snif de mes récoltes de tomates grosses comme ça au soleil couchant, pis de mes petits veaux cute avec leurs museaux blancs sortant leur yeule de la chaudière de lait, pis avec des portraits de nièces sexées, les jambes écartées sur un voyage de paille, la seule journée de soleil du mois d'août'... non monsieur, c'est pas moé ça... dans le cul du Pape la terre de Sainte-Olivine, pis du défricheur Joseph, pis du bâtisseur Aexande... moé icitte Ferdinand... cinquante-huit années de nordet, de gomme de sapin, d'eau salée pis de ville sale, je leur dis non, NON NON pis encore NON, misère-du-yâb de saint-crème de câlisse de bordel à clous!

  - Énerve-toi pas, c'est...

  - Moé Ferdinand, moé le Bonhomme... debout' sur la seule jambe qui me reste... je leur dis: marci ben les boys, j'ai débarqué, j'ai accroché mes bottes de feutre, mon saouest, mon sciotte; j'ai embarré mes faux, mes fourches pis ma râcleuse, avez-vous remarqué les boys?... pis surtout, elle m'a fait prendre une maudite débarque la terre... le feu prend mieux dans les planches sèches pis dans la gazette quand on est loin du monde... je l'oublierai jamais ça non plus... janvier de la maison de papier mâché, du château de cartes... tout ce que j'ai perdu d'enfants, de femme et de raison de me lever de bonne heure dans la bordel de vie rapport à l'isolement, au sommeil dur des uniformes de pompiers, maudite terre jusse bonne à enterrer le monde qui compte sur elle...

  - Tout mettre sur le dos de la terre, c'est...

  - Qu'on me fasse pas rire avec l'attachement au sol des ancêtres... ça me fait penser chaque fois à une laisse de chien mort... les embellisseurs de la misère crasse te promettaient la sainteté au terminus quand tu voulais jusse être un homme dans l'autobus... saint-crème des fesses!

Le Bonhomme avait martelé les dernières syllabes de la main ouverte sur la table; il haletait maintenant, le regard flou et la mâchoire dure. Des rides barraient son front et ses yeux à peine humides exprimaient à la fois le soulagement, la désespérance et le ressentiment.

- Pis tu viens me parler de la terre, mon gars... pauvre toé, pauvre m'man! rajouta-t-il entre ses dents.

Raviluc avait mal au coeur depuis longtemps: les murs penchaient et le plancher gondolait dans ses yeux. Les lèvres épaisses et la gorge acide, il avait écouté son père sans l'interrompre, pour le laisser aller au bout de son fil chagrin, de son amertume emportée. Il reconnaissait bien l'énergie paternelle et cette manière de foncer droit devant, au plus court, au plus coupant, sans faire aucune place aux nuances. Raviluc retrouvait l'habitude qu'avait son père d'afficher des griefs pourtant légitimes de façon tellement ostentatoire, impudique même, qu'il réussissait à détourner de lui certaines sympathies acquises au départ. Il surchargeait la vérité pensant mieux gagner les gens, il exagérait la fumée pour convaincre du feu. Ça tanguait dans la tête de Raviluc et son humeur vira à la maussaderie. Et toujours cette nausée. Une colère se pointait en lui...

- Pauvre Raviluc, recommença le Bonhomme ironique, te voilà commissionnaire pour ta Memère astheure... t'as le front de venir troubler ma paix avec la terre de garnotte du père Aexande... pauvre toé... tu peux pas voir tout seul qu'i' a rien à tirer de ce carré d'aulnes-là... tu vois pas assez clair par toé-même, on dirait ben... ça vaut la peine d'avoir de l'instruction jusqu'aux yeux, d'avoir la science des grosses écoles entre les oreilles, pis de se faire manoeuvrer par une vieille grébiche aux idées fixes... je te trouve pas mal smart avec ta grand-mère mon gars... courailler en Gaspésie, à Montréal, derrière un bout' de papier que t'as jamais vu pour une vieille folichonne qui t'a ramolli la jarnigoine de ses pleurnicheries alcoolisées... t'étais pas si avenant pour ton père, laisse-moé te le dire... pas si empressé quand j'étais sur les barrages de la Manic à couler du ciment douze heures par jour, pour moins penser à tes frères-soeurs, à ma femme... pour rentrer dans mon argent itou, pour une fois qu'on était payés comme des hommes... travailler sur le vibrateur au bout' du monde pour oublier... tout le jour à shaker le béton pis à manger de la poudre grise pis à se faire percer les tympans par les marteaux-piqueurs tout le tour de la tête, la dynamite tous bords tous côtés à coeur de journée, câlisse, sept jours par semaine... jusse prendre le dimanche aux quinze jours pour vous maller de l'argent à Rémi pis à toé... de l'argent tout le temps pis des montres aux gros anniversaires... pis pas un saint-crème de mot, pas une lettre de temps en temps... un marci ben fret à mes visites, pis lâche pas papa t'es capable, envoye !

- C'était la paix, je m'en souviens, l'absence du tyran, la sainte paix pour mon frère et moi. Faut croire qu'on avait peur de perdre ce nouveau sentiment, si fragile, et qu'on restait muets comme tu nous l'avais appris...

-... pis vos faces quand je descendais... j'veux ben croire que vous étiez bardassés, le coeur à l'envers pis la destinée de travers mais c'était pas une raison pour me faire des yeules de bouledogue pis des yeux de morue misère-du-yâb... non tit gars, tu t'en faisais pas tant pour ton père... surprends-toé pas d'être classé comme ingrat dans mon idée... où était ta reconnaissance pour le peu qu'on avait, pour tout ce qu'on t'a donné... toujours le nez dans les livres... tu disais rien mais je t'entendais penser... fendre du bois, c'est insignifiant... désherber les patates, c'est insignifiant...

ramasser des fraises, c'est insignifiant... j'ai tu rêvé moé? j'ai tu rêver moé câlisse?... d'où c'est que vous tenez qu'une tête se dévisse des épaules?... t'étais gauche de naissance avec un marteau, une hache, tu laissais traîner mes quelques outils dehors la nuit' durant, quitte à les faire rouiller, maudite tête croche...

- Bon! Deuxième mouvement de l'attaque: le passage aux invectives. Comment croire que les épreuves grandissent un homme quand...

- Serre tes phrases d'Évangile tit gars! Pis laisse-moé te dire que j'en reviens pas que tu viennes me lancer le village de Sainte-Olivine dans les pattes... ça sait même pas boire comme un homme fait' ... sur la terre, ça a jusse quelques années d'expérience à reculons... ça fait du millage en veux-tu en v'là pour sécher les larmes à 40% d'alcool d'une vieille radoteuse... pis ça vient réclamer des explications à ceuses qui se sont usés la santé sur vingt et un arpents de terre avare... Yaou! L'agriculture est tombée entre bonnes mains, ma génération peut slaquer: les p'tits morveux pis l'âge d'or attellent...

- Belle leçon de maturité: le sujet rabaisse son interlocuteur pour se grandir à ses propres yeux...

- Aïe tit gars ! Essaye donc pas de faire sortir des phrases drettes d'une tête croche! (Il se force à rire.) Aïe arrête pas de boire toé-là, prends-en une autre frette... Laisse-moé pas les vider tout seul... si un gars pis son père peuvent pas se parler dans la face en prenant un coup, i' valent pas grand-chose... en tout cas, garçon, moé ça me soulage si toé ça t'enrage ah! ah!.. hic... envoye donc... wô... prends-en une autre misère-du-yâb... wô donc toé... i' commence à faire chaud, je commence à être jusse ben... hic... yaou!

Le Bonhomme, malgré son visage défait, avait

son air goguenard de joueur de tour et son sourire enjôleur de waitress. Il était content le Bonhomme, comme chaque fois qu'il invectivait quelqu'un à son goût. Il balançait sa tête rousse-grise de gauche à droite pour chasser un vertige ou prendre conscience de sa soûlerie. Au téléphone, Prunelle dit à Raviluc qu'elle coucherait chez une amie cette nuit. Raviluc avait les mâchoires trop molles et lourdes pour discuter. Il tenta de mettre son regard au foyer pour que se précise l'image de son père. Il le savait girouette d'humeurs. Avec un rire trop fort pour être naturel, le Bonhomme continua son monologue.

- Va donc allumer l'autre lumière au lieu de ruminer sur mon compte. Je te vois pus le blanc des yeux pis ça me manque tit gars. Maudit que je suis saoul, maudit que j'aime ça quand le vertige me ramollit les genoux... Aïe viens donc voir le portrait de mes blondes tit gars... aïe celle-là c'est que'que chose... hic... jusse trente-huit ans, une infirmière ben fine... c'est de valeur, si jeune, elle est en train de virer crackpot parce qu'un vieux chnouk est mort sur son étage, elle s'est mise dans la tête qu'une de ses piqûres l'a achevé... une obsession... c'est pas ma blonde pour vrai... j'en ai pus pour vrai... elle vient jusse me voir pour que je l'empêche de prendre des pilules mortelles... une misère: voir cette jeunesse-là toute croche...

- Mais qu'est-ce que tes blondes viennent faire dans notre histoire papa?

- Envoye, rince-toé l'oeil... regarde-moé celle-là... j'ai dû l'envoyer au yâb, la laisser seule dans son gros char en velours de l'année... la calvâsse de femme voulait que je vole des sacoches dans les salles de danse de l'Age d'or, hic... c'est' i' écoeurant du monde de même... moé j'aime autant rester pauvre, mais ce qui est à moé est à moé pis vice versa, hein tit gars!... l'honnêteté pis la pauvreté ça se tient ensemble... vous autres vous pouvez le dire que tout ce que je suis, tout ce que j'ai, c'est moé qui l'ai fait', c'est moé qui me suis fait' tout seul !

Le Bonhomme était ivre comme Raviluc l'avait souvent vu à Sainte-Olivine: penché sur la table, les yeux dans la margarine, il grinchait des dents et remuait sans arrêt la tête pour fuir des images difficiles ou chasser certaines fulgurances d'absolu. La vulnérabilité de Raviluc à l'alcool le plongeait dans un état second d'oppression vertigineuse et d'équivoque euphorie. La bière avait dilué le siège de l'équilibre chez les deux hommes. Pour de vrai, le soir était tombé sur Montréal. Toujours le père et le fils, assis face à face, à la petite table de broue et de cendres.

- Combien de fois tu nous as répété ça? Dans tous les souvenirs clairs que j'ai, j'entends tes vantardises pis tes bêtises, je vois tes bras en l'air pis je me sens mal... te dire que tu t'es fait toé-même...

- Envoye câlisse, oui dis-le, envoye... hic.. j'me suis fait' tout seul... tout seul misère-du-yâb!... pis à part de ça, j'ai peur de parsonne!

- Ah! ben ça... c'est le bouquet!
- J'AI PEUR DE PARSONNE!
- Ah! oui, ça tu l'as crié souvent... chaque fois que t'étais saoul comme la botte, tu criais: J'ai peur de parsonne... comme ça, tout seul, comme pour provoquer des contradicteurs éventuels, comme pour te convaincre toi-même... la force, papa, toujours la force... pour gagner sa vie, pour la défaire... la force des bras comme carte de visite dans le village, la réputation à maintenir, celle du Bonhomme... dans tous les hôtels de New-Port à Sainte-Thérèse, le meilleur batailleur de

rue, le pied meurtrier, un encaisseur de première, un cheval d'homme... <<un si bon gars à jeun, c'est donc vrai que l'alcool rend l'homme semblable à la bête>>...

- Dis-le que le Bonhomme a peur de parsonne!

- ... trois gars pour t'attacher sur le banc de bois de la cuisine d'été... en boisson par dessus la raison... à cause des élections pas loin pis du porter, pis de la bière du caveau à patates pour cabaler... tu te cabalais en premier... Salomon pis Nio pis je sais plus qui... ça leur prenait toutes leurs forces aux trois pour aider ma mère, les bras pleins de petits derniers... elle, d'ordinaire le sourire à l'ouvrage, juste heureuse de respirer... je la vois, perdue, déboussolée, le front chiffonné de te savoir tituber dans le chemin du roi, en plein après-midi, déshabillé, juste en caleçon, à crier des bêtises à madame Fine... comme ça fait longtemps... t'avais encore les cheveux châtain clair, pis j'avais encore ma mère...

- Personne a le droit de toucher au nom de Dabeth... parsonne d'assez propre, parsonne d'assez blanc sur la terre, parsonne d'assez homme pour même dire son p'tit nom à ta mère...

- Oui, oui, je vais te le dire... Elle qui a tant pâti de te voir marcher à quatre pattes dans les pissenlits, les yeux jaunes d'une ivresse épouvantable, devant le monde... pas moyen de te retenir avec nos maigres bras... le cheval de force brute dans la cuisine qui casse les attaches au banc de bois... les enfants qui s'enfuient au grenier par crainte de leur père... l'engueulade de Dieu, la provocation des saints, le défi au diable, l'a-postrophe de tout un chacun... la peur dans les cerveaux... j'en garde des traces encore... planter la peur dans la tête des enfants: c'est grave papa...

- T'es né peureux, comme ton grand-père, c'est de famille... y a jusse moé pour crier que la vie c'est de la vase qui te monte le long des jambes quand tu cries pas...

- Écoute ça pour voir le Bonhomme! T'as passé une grande partie de cette vie-là malade, meuglant, vomissant... avec ma mère auprès de toé... toujours toujours, sans que tu la voies... malade jusqu'à perdre la carte, jusqu'à chier dans ta culotte, jusqu'à te torcher avec les rideaux de la salle à manger... pis toujours ce "J'ai peur de parsonne" du fond de ta gorge, jusqu'à nous, terrifiés dans les chambres à l'étage...

- J'AI PEUR DE PARSONNE! J'AI PEUR DE PAR-SONNE!

- Toujours cette phrase criée comme devise, brandie comme hache... ton drapeau est fripé papa... maintenant encore... pourquoi vouloir tant annoncer ta force... comme si t'étais juste puissance physique, comme si, sans elle, tu n'étais rien... pourquoi forcer ta force ?... Croire nécessaire, à cinquante-huit ans, de forcer la note pour garder l'impression qu'on a peur de toé... t'es un beau fanfaron le Bonhomme... avec des doutes plein le coeur, avec des frousses plein la tête... comme bien d'autres... tellement de peurs en dedans qu'il te faut les saouler le plus souvent possible pour vivre avec, pour qu'elles te foutent la paix, une paix de façade...

- Fallait que j'aie peur de parsonne, le fallait pour empêcher la vase de me monter à la gorge, fallait crier... vous comprenez pas ça, vous êtes tous une gang d'aveugles... d'aveugles pis de têtes plates!

- Ah! je sais bien que tu connais ça la peur, que t'as toujours vécu avec au fond... la peur de perdre la direction de tes enfants... le temps des taloches au secours de l'autorité... la peur de passer pour paresseux... ça fait que... à toi les levers matinaux, les plus longues heures à bûcher, à pêcher... la peur d'être renversé,

199

battu, précédé... ça fait que... à toé l'intimidation, l'attaque, le front de boeuf... la peur que l'instruction de tes enfants dépasse tes savoirs, la peur de leur indépendance, la peur de tes enfants... voilà les directives étroites, les abus d'autorité, les humiliations... le boss a toujours raison, il serait pas le boss sans ça... on t'entendait dire: Je suis jusse vot' père... on aurait juré que tu pensais: Je suis vot' père nourricier, légitime, moral, spirituel, omniscient et divin...

- Le monde qui reste trop longtemps le cul sur les bancs de l'école finissent toujours par entendre d'autres choses que ce qu'ils entendent. C'est plein ma télévision de ces fendants-là!

- Tords pas le fil de ce que je dis papa. Dis-moi plutôt le pourquoi de tes sparages dans l'escalier pour apeurer la jeunesse curieuse, pourtant docile à l'heure de se coucher? Dis-moi le pourquoi de la peur même de perdre ton emprise sur les animaux... coupons court à ce cheval contraireux ou faiblard: où est ma hache... la fatigue, connais-tu ça papa, l'admets-tu je veux dire?... la fatigue pis la maladie pour toé, c'était pareil: un luxe de moitié d'homme... encore la peur de la mauvaise réputation dans les yeux des autres...

- Tu comprendras jamais que la réputation d'un homme dans ces temps-là, c'était ce qui faisait un homme tit gars... Aujourd'hui, c'est facile la vie: le gouvernement pense pour toé, pis la moitié vaillante du monde travaille jusqu'à s'étourdir pour l'autre moitié qui s'étourdit à rien faire...

- Projette pas tes travers sur les autres le Bonhomme... J'AI PEUR DE PARSONNE hein!... Qu'est-ce que tu fais de la peur de nous parler, de la peur qu'on te connaisse, de la peur de la transparence qui rend fragile... de la peur qu'on voie ta peur dans tes cris, dans tes gémissements d'ivrogne, dans tes jurons aux bêtes... la pudeur te fait gueuler contre la faiblesse d'une confidence, contre le dialogue d'égal à égal... voyons donc, c'est une folie ça, l'égalité avec des flôs, ça tient pas debout tout seul... et la peur de donner une affection moins carrée... et la peur des autres...

- T'es chanceux de pas supporter la boisson mon tit gars, tu dérailles mais c'est la bière qui parle, quand t'as pas le talent de boire, tu l'as pas, pis toé tu l'as pas... plus tu dis n'importe quoi, plus je l'entends ben!

- Laisse faire! C'est vrai que je suis pas souvent saoul. Mais tout ce que je te lance, j'y ai pensé bien des fois, et bien à jeun, ça tu peux te le mettre dans le crâne!

- Continue, tu m'amuses... Ça rajoute un canal à ma télévision!

- Oui c'est ça... Te souviens-tu de ton deuxième mariage manqué... ça fait pas si longtemps que ça... tes hurlements dans le Palais de Justice... J'AI PEUR DE PARSONNE... absente la mariée, partie faire l'épicerie depuis deux semaines tu me dis, en riant dans ta bave... titubant dans les couloirs entre deux joueurs de hockey de Grande-Rivière... la peur des sourires entendus, le trou dans l'amour-propre... ton sens du burlesque à la rescousse, une belle gifle cette fois-là, hein?... tu t'égosillais comme jamais cette fois-là pour couvrir ta peur d'être abandonné... tu t'étais saoulé en l'attendant pour rien... tout en le sachant... c'est normal: on pardonne tout aux ivrognes, ce sont des bons vivants, des incompris, des coeurs sensibles les gros-buveurs-gros-problèmes... pis sont-si-fins-à-jeun... on peut pas être dur avec un homme en boisson, sur ça tu y comptes en maudit... faudrait tout prendre de toi comme maman le faisait... comme elle passait l'éponge sur tes séjours en prison... nuits de batailles, de vidage d'hôtels, de têtes fendues sur les chambranles de portes... nous obliger à quêter de l'argent, à la parenté de Montréal, par téléphone, pour te sortir des cellules de Percé...

- J'pense qu'i' y a des limites à mettre tes dérapages sur le compte de la bière tit gars! Ça fait que tu vas te fermer la...

- ... fallait tout excuser, passer sous silence, sublimer... pis toi, toujours à minimiser le mal des autres, à magnifier tes frasques de week-end... toujours à déplacer de l'air, les masses dans le visage des incrédules pis des durs de comprenure... à vociférer contre les indifférents, les pires... à faire du bruit, à montrer à tout un chacun qui menait le bal, à le faire voir aux enfants de la maison comme aux voyous d'hôtels... témoigner pour soi-même: le bûcheron le plus chien au fret, le seul pêcheur à sacrer contre la mer, le cultivateur le plus désinvolte... le seul dompteur à ne reculer devant aucun cheval...

- ... t'as pas compris ce que je t'ai dit le p'tit feluette à sa memère? T'as pas...

- ... toi pis ta manie de vivre en représentation continuelle, ton besoin de prouver la force animale du Bonhomme... aux étrangers, aux saint-thomas paquetés, aux sceptiques, aux innocents... moi je te le dis papa, vu l'occasion qui s'offre pis la bière qu'on a pour noyer ça, je dis que t'as peur de tout ce que tu comprends pas... comme bien du monde... mais pas question de te l'avouer: c'est affaire des gens médiocres ça... oh! oui c'est peut-être vrai que tu te sois fait tout seul... mais quelle gloire s'en faire s'il faut défaire les autres pour ça... t'as peut-être peur de parsonne, comme tu dis, mais quel orgueil en tirer si tu détestes ce que t'as jamais été, tout ce que t'es pas?... peut-être ben que t'as peur de personne mais qu'est-ce que ça te donne si t'as peur de l'homme dans le Bonhomme?...

- Arrête-toé mon tit gars avant que tu te fasses mal sur mon poing. T'as pas d'estomac, c'est ben pour ça que je donne l'avertissement! D'habitude, je...

- Fais ce que tu veux! Je te le redis: le Bonhomme a peur du Bonhomme... hein papa, peur de tout ce que tu endors, de tout ce qui baigne dans l'alcool... moi, tu sais, maintenant, quand je t'entends gueuler: J'AI PEUR DE PARSONNE, ça me donne envie de rire tu peux pas savoir... ta phrase épouvantail que tu craches à tout venant, avec des airs de robineux théâtral, aujourd'hui, papa, elle me tire des rires du ventre sans bon sens, des rires de très loin... je l'entends pis je me tords pis ça charrie du méchant en sortant par ma bouche... je l'entends ton mot d'ordre, pis je te ricane dans la face tellement c'est drôle à mon oreille d'aujourd'hui... ah! ah! dis-le donc encore que j'éclate, qu'on rigole en famille... j'en veux plus de mottons, j'en veux plus... envoye peureux peureux PEUREUX...

- Ta yeule astheure misère-du-yâb de bordel... t'en as assez dit... t'es chez-nous icitte... i' a pas un homme qui m'a insulté dans ma vie... tu parles trop toé, pis tes mots sont trop longs pour la grosseur de tes bras, tit cristal blème! tonitrua le Bonhomme se redressant, comme sortant d'un rêve.

- Tu voulais ben qu'on parle mais t'as peur de...

- ... j'ai dit ta yeule morveux blanc-bec... c'est pas parce que j'ai l'âge que j'ai, pis la patte que j'ai pas que tu vas faire ton tit Jean Lévesque icitte à soir!

Allongeant le bras au-dessus de la table, le Bonhomme saisit Raviluc par le col de la chemise et le tira vers lui. Ferdinand D... avait une ligne d'écume sous la lèvre inférieure et de la noirceur dans le regard. Toujours en proie au vertige et à la nausée, Raviluc rassembla ses forces et fit un geste brusque pour se libérer, mais le Bonhomme avait la poigne solide.

- Lâche-moi papa! avertit Raviluc tout rouge, coupé en deux par le rebord de la table.

- J'ai peur de parsonne, j'ai peur de parsonne! grommelait le Bonhomme entre ses dents.

- Lâche-moi pis laisse-moi finir... ta force à la rescousse quand t'as pas le dernier mot hein? Je te dis de me lâcher...

- Viens icitte mon p'tit morveux de grand parleur! On va ben voir si t'as le coffre qui va avec cette grande langue-là!

Brusquement, Raviluc se mit debout et tira de toutes ses forces: sa chemise se déchira, l'étreinte se défit si brutalement que son père tomba à la renverse sur le tapis. Le Bonhomme en chutant frappa la table de sa jambe de métal et toutes les bouteilles vides roulèrent au plancher.

- Ta jambe papa, ta jambe!

- Maudit crisse de câlisse de misère-du-yâb de saint-crème de bordel à clous! récita le Bonhomme.

- Pourquoi tu faisais pas jusse me le dire de fendre le bois... au lieu de me le crier... je l'aurais fendu pareil... pis on serait pas là aujourd'hui... pourquoi pas jusse nous parler? demanda tout à coup Raviluc, s'age-nouillant parmi les bouteilles en face de son père.

- Maudit maudit... vous parler, vous parler, c'est facile demander... pas le temps, pas le tour, pas l'idée... jamais mon père à moé m'a pris à part, pis je l'ai jamais écoeuré avec ça... tu comprends pas ça tout seul toé, misère-du-yâb?... pourquoi je m'aurais com-pliqué la tête pis laissé ramollir par des histoires d'en-fants... ma tête était ailleurs... i' avait ses forces à garder pour toffer la ronne sans craquer... tu sauras jamais comme c'est fatigant de faire semblant... de faire semblant que j'ai du lousse dans ma vie, que j'ai encore deux jambes pis une tribu... comme c'est vidant de faire semblant...

Le Bonhomme s'assit dans une mare de bière, s'adossa contre le mur. La nuit possédait tout à fait les alentours: plus d'éclats de couche-tard ni de coups de klaxon. L'été faisait bien les choses dans le ciel percé d'étoiles, par la fenêtre. Lourdeur du silence dans le désordre de la pièce. Les deux hommes se regardaient comme étonnés. Le Bonhomme avait vieilli de dix ans: la couette sur le front, il reprenait son souffle. Lentement, il remonta les mains jusqu'à son visage qu'il couvrit. Et Raviluc l'entendit geindre, à peine:
- Mon Dieu... si la nuitte avait pas brûlé... mes enfants perdus... c'est trop de vide pour une seule personne... Marie-Paule Fernande Yves Rosita Madeleine Rosaire Estelle Hélèna Fernand André... dire leurs prénoms après vingt ans de bouche cousue, pis de folie à faire semblant... pourquoi la vraie vie roule pus, pourquoi je tue le temps depuis tant de caisses de vingt-quatre... y a des brûlures qui guérissent pas tit gars, des brûlures au degré suprême... misère-du-yâb... ça fait mal des enfants qui partent sans prévenir... qui quittent en gang... ou ben qui reviennent sur le tard... ça fait pas de bien pantoute... pantoute...
- Et puis.... continue papa...
- ... ça fait pas de bien...
- ... continue...
- Non tit gars c'est tout'! C'est trop tard. On fait pas de maison avec du bois brûlé. J'ai... j'ai une manière de crainte que la vase revienne... j'veux l'échapper belle...

Raviluc colla son front contre une patte froide de la table. Le plafond tournait, les murs allaient et venaient dans ses yeux. C'était plein de nuit dans la ruelle et dans la pièce. Une grande tranquillité prit les deux hommes au mot et le silence protégea leur repos. Dehors, le vingt-quatre juin se préparait une belle aube...

38.

Elle avait mal dormi. Toute la nuit, elle s'était tournée, retournée dans son lit trop étroit. Des cauchemars avaient troublé son sommeil. Depuis six heures, elle avait un poids, une lourdeur dans la poitrine. Par la fenêtre de l'hôpital, elle observait comme pour la première fois, la montée du soleil au-dessus de l'horizon. Memère s'alarmait des bouffées subites de chaleur à ses joues; elle allait et venait dans sa chambre, se tenant le bras.

Le silence de l'étage dans les oreilles et l'encaus-tique du parquet sur le coeur, la vieille dame chercha des montagnes par la fenêtre. Elle chercha. Sur une impulsion, elle décrocha le téléphone et requit de la préposée au pupitre dirigeur qu'elle achemine un appel interurbain. Quand elle entendit la voix endormie de Grangalope au bout du fil, elle sourit largement et s'as-sit dans le fauteuil gris.

- ... allô... c'est-i' vous Memère?

- Ben oui ma fille... c'est Memère qui parle... je t'appelle de loin... je te réveille-t-i' là?

- l' est de bonne heure... c'est pas grave Memère, fit Grangalope tout à fait réveillée, qu'est-ce qui se passe donc là... pas une mauvaise nouvelle toujours?

- Non non, répondit la grand-mère après une hésitation, je pouvais pus dormir... pis j'ai eu envie de parler à quelqu'un de chez-nous, fille... comment ça va?

- Ah! ben icitte ça va... Yves-René a commencé à construire la bâtisse pour son élevage de pigeons pis d'oiseaux de compagnie coudon... l'aviculture qu'i' appellent ça au Ministère... ben oui, vu que vous étiez d'accord pour la terre pis que Raviluc a pas dit non... on sait pas s'i' a retrouvé son père... ça fait qu'on prend une chance pour pas perdre l'année!

- Es-tu allée toé-même sur la terre, chère... comment c'est ces temps icitte? questionna la vieille, remontant son châle noir sur ses frissons.

- On va construire à la place du poulailler qui a été rasé par l'avion citerne i' a huit neuf jours... ah! oui, avez-vous su ça?... une drôle d'affaire... la porcherie pis le poulailler en mille morceaux un beau matin... on pense...

- ... quoi blasphème... ils la veulent la terre... je l'ai toujours su... des sauvages pour faire de l'argent... guettez-vous fille... la police, non laisse... mais avant, elle va avoir l'air de quoi la cabane de ton mari hein? s'emporta Memère ramenant, irritée, son châle sur son bras gauche.

- Ah! ben, commença Grangalope après un bâillement, là i' a jusse les fondations, mais on a coupé le foin pis les aulnes depuis la route jusqu'à la butte... à la gang, samedi passé... ça fait plus propre pis j'ai hâte de voir le bâtiment...

- ... oui c'est ça le bâtiment, c'est un commencement, haleta la vieille, une fois fini ce sera comment, dis-moé donc fille... la terre va-t-i' vous donner satisfaction... vous faire vivre peut-être ben... ouf qu'i' fait chaud icitte... vas-y Grangalope, conte-moé ça...

- ... allô Memère... ça va toujours vous, s'inquiéta

la petite-fille, je vous entends presque pas par boutte!

- ... oui... la terre comment... allez-vous vivre... dessus un jour... Sainte-Olivine faudrait... ouf... les papiers c'est sûr... aïe... fait-i' beau en bas à matin... je t'écoute chère..., chuchota la vieille d'une voix blanche, presque éteinte.

- Vous êtes sûre que... comme je vous disais Memère, on a prévu le bâtiment principal au bas de la butte... i' va être en bardeaux avec le toit pis les cadres rouges... deux étages itou pis une section pour les graines pis les remèdes ordinaires... une belle bâtisse blanche, ben éclairée, pleine de pigeons bleus pis de pigeons voyageurs si possible... j'ai hâte de nourrir les pigeonneaux pis les colombes... les frères d'Yves-René l'aident, ça coûtera moins cher... j'espère que ça va marcher pis que je vais garder mon homme avec moé toute l'année... vous le savez vous, Memère, comme c'est dur pas d'homme dans la maison, l'hiver surtout... ah! oui paraît que le gouvernement peut nous aider... Yves-René va rencontrer un gars du Ministère la semaine prochaine pour en savoir plus... je vous le dis Memère que le monde à Sainte-Olivine trouve ça drôle tant de remue-ménage sur la terre... on va vous le faire visiter notre pigeonnier, plus tard... c'est Pepère Aexande qui serait content... après tant d'années de mauvaises herbes, de chardons et d'arbustes partout dans son champ, hein?... i' doit être aussi content que vous, hein Memère?

- ...

- ... allô Memère?

- ...

- ... allô allô... on a-t-i' été coupées? Êtes-vous là Memère... répondez donc... allô? insista la jeune femme anxieuse.

- Oui?, fit une voix étrangère.

- ... allô mademoiselle... qu'est-ce qui se passe? s'émut Grangalope.

- ... on dirait que madame D. s'est assoupie, rassura l'infirmière, rappelez dans une heure, je dois vous quitter, bonjour!

Une heure plus tard, Memère était morte. Partie, les pieds en ville, la tête en Gaspésie. Affalée dans son fauteuil, un reste de sourire aux lèvres, une main sur la poitrine. On le dit à Grangalope. Pour la réconforter, tant sa détresse s'entendait au téléphone. La jeune femme mit un châle et sortit sur la galerie. Le jour était vert, jaune et bleu.

- Une belle journée pour commencer que'que chose, songea-t-elle, une belle journée de campagne !

39.

Les rires d'enfants et le crissement des automobiles chassèrent la paix nocturne. Le soleil traversait les vapeurs urbaines et l'air gardait sa fraîcheur du matin. Une belle journée de ville. Des adolescents s'affairaient, dès neuf heures, à tendre des fils au-dessus de la rue Saint-Denis; fanions triangulaires, bannières et ballons fleurdelisés tiraient sur le garde-corps des balcons. C'était jour de congé pour les Québécois et le temps promettait une atmosphère de fête nationale.

Au 3402 de la rue Saint-Denis, le Bonhomme s'éveillait. Il heurta sa jambe d'acier contre la patte de la table; le bruit sec perça le sommeil de Raviluc. Les deux hommes se frottèrent les yeux rougis par la longue veille et l'alcool. Ils avaient somnolé sur le plancher, parmi les bouteilles vides et les mégots de cigarettes. Le repos n'avait pas été assez long ni le sommeil assez profond: encore saouls, Raviluc et son père avaient une formidable soif et un mal de tête terrible. La tête comme une caisse de tambour, le cuir du crâne tendu, douillet. Ils eurent la même envie et trouvèrent la réponse au fond de la garde-robe: deux dernières douzaines de bières.

- Wô... saint-crème qu'i' a de la houle à matin, maugréa le Bonhomme en s'assoyant de peine et de misère à la petite table, faut payer cher l'avance qu'on a sur les fêteux de la Saint-Jean-Baptiste... ayoye ma hanche, crisse... mon hoquet est passé toujours ben!

Raviluc avait retrouvé sa chaise droite; il buvait à petites gorgées le liquide amer et tiède. Son regard fuyait la lumière des fenêtres, rasait le tapis bleu.

- I' peuvent ben se promener le cul en carosses misère-du-yâb, grogna le Bonhomme, la voix cassée, c'est pas ça qui va empêcher les Anglais d'engager leur monde dans les shops pis de ronner les politiciens par en arrière, saint-crème!

Ferdinand D. avait sa tête des mauvais jours, de ceux où il frappait avec plaisir sur tout ce qui n'allait pas à son goût. Tout à l'heure, il avait arraché le bouton de la radio en la fermant trop violemment, excédé par le train des réclames commerciales.

- Gang de têtes plates, commenta-t-il bougon, pas assez d'allure pour faire jouer deux trois rigodons sans arrêt... faut qu'i' crissent des annonces braillardes entre deux... des reels, ça se danse à la queue leu leu sans interruption, ni memérage au bord de la piste... i' voyent pas qu'i' coupent l'allant du monde avec leur patati patata pour nous passer des savons ou ben du manger à chiens avec la même maudite voix mitraillette... un autre travers du siècle ça: couper le temps en rondelles, pis nous autres qu'on suit toute en tranches... mais ça marche pas ça... non, non NON!

Le gros homme plongea les doigts dans la boîte de gommes Ex-Lax. Il grimaçait de temps à autre, se massant le ventre. Raviluc avait toujours le coeur sur le bord de lui sortir du corps. Une grande lassitude lui barrait le dos. Il aurait souhaité se retrouver loin de Montréal, seul avec Prunelle. Mais il était là, patraque, le teint olive pour des raisons considérables. Il s'entendit soudainement dire: - Pis papa... les papiers de la terre... les as-tu au moins... c'est pour ça itou que je suis ici... les as-tu les papiers? Son père mâchait son laxatif et ne dit mot. La contrariété se lisait sur son visage tiré. Il n'aimait pas qu'on fasse dévier le cours de ses pensées. Ils restèrent longtemps comme ça: l'un requérant sans résultats les papiers de la terre et l'autre mêlant la bière et la gomme purgative en silence. Jusqu'à midi comme ça, penchés sur la table, à demander, à ne rien répondre, à jongler à la veille et au jour. À boire pour se fondre la carcasse. Les attente, supplique et cas de conscience de l'un croisaient les silence, indifférence et mystère de l'autre. Un revenant obstiné et un buté fantomatique.

Des heures s'écoulèrent. Requêtes de Raviluc. Mutisme têtu du Bonhomme. - As-tu les papiers de la terre chez-nous papa, dis-moi donc si tu les as? Y a-t-i' dit vrai ton vieux chum Johnny Cyr? Glou glou et claquements de langue en répartie. Le soleil avait croisé le zénith depuis longtemps maintenant et pour se dégourdir les fesses, Raviluc vint à la fenêtre donnant sur la rue. Elle commençait à s'animer comme chaque année, la rue. Les drapeaux bleus et blancs volaient au bout de leurs mâts. On avait prévu des cordons le long des trottoirs pour décourager les allées et venues pendant la parade. Le cortège viendrait du sud jusqu'au prochain coin de rue. Déjà, les gens plantaient des chaises sur les balcons et les enfants se réservaient les meilleures marches dans les escaliers.

Raviluc replongea dans la pénombre du petit vivoir; son père marmonnait des phrases incompréhensibles. Le fouillis du logement déprima le jeune homme; il s'assit et désabusé, toucha sa cicatrice, répéta sa requête: - Dis-moi jusse si tu les as les papiers papa, veux-tu?... c'est pour Memère que je tiens à le savoir... pis pour Yves-René aussi... tiens c'est vrai ça!
Se tournant vers Raviluc, le Bonhomme s'enquit: - Qui c'est celui-là?
- C'est le mari de Grangalope, ma cousine Grangalope, elle est mariée astheure, pis son mari est travaillé par l'idée d'élever des pigeons domestiques et voyageurs sur la terre de Sainte-Olivine... i' m'a demandé la permission en attendant de savoir de qui l'obtenir légalement... tiens qu'est-ce t'en penses de ce projet-là?
- Je pense que je rêve, câlisse! laissa tomber le Bonhomme, la terre arrêtera jamais ses accroires pis ses mirages!
Tout à coup, il se mit sur ses pieds. À l'instant des premières trompettes au loin. Le Bonhomme traîna sa carcasse massive et boitillante dans la cuisinette. Il parvint en titubant au réfrigérateur. D'un geste sec, il ouvrit la porte du congélateur. Plongeant la main dans la vapeur froide, il retira une enveloppe de cuir argenté à bout de bras. Serrant l'objet glacé, le Bonhomme revint s'écraser sur sa chaise droite. Son regard rouge et sa mâchoire serrée lui faisaient un masque de

forcené; il grinçait des dents et balançait la tête pour appeler le bon geste, les bons mots. - Tiens, les v'là tes maudits papiers! Achale-moé pus pour l'amour de la sainte paix! Maudite tête plate!

Raviluc, bouche bée, fixait l'étui de cuir vieilli sur la table. Rapidement, il lut l'inscription "Valuable Papers" en gris sur rectangle jaune dans un coin de l'enveloppe. - Avant que mon père meure, commença le Bonhomme, moitié pour lui-même moitié pour son fils, i' m'a fait venir pis i' m'a dit comme ça: "Ferdinand... vas-tu la travailler la terre si t'en hérites mon garçon?..." Dans ce temps-là, j'avais pas encore mon quota de misères, faut croire, vu que j'ai dit oui... et pis, ça se fait pas de refuser que'que chose à son vieux père mourant... c'est peut-être ben à cause de mon assurance qu'i' est mort en paix la nuit d'après, le père Aexande... i' a fallu couailler les notaires pis les avocats que'ques mois pour arranger ça en loi, vu que j'étais pas le plus âgé des garçons chez-nous... i' fallait absolument le consentement signé de mes autres frères pour que la terre me revienne avec toutes ses qualités... maman filait un mauvais coton dans ce temps-là rapport que le départ de papa l'avait revirée sur la doublure, c'est pas croyable... des bouttes à délirer même... misère-du-yâb de vie!

Rageusement, le Bonhomme se vida d'une seule traite une pleine bouteille dans le gosier. Avec une mine dégoûtée, Raviluc examinait la gaine de cuir gris. La fenêtre ouverte sur la rue Saint-Denis laissait entendre les roulements de tambour de la fête. De temps à autre, une sirène de police excitait les enfants et faisait refluer la foule sur les trottoirs. Raviluc prit tout à coup conscience que la faim lui tordait les tripes; il n'avait pas cassé la croûte depuis plus de vingt-quatre heures... Le Bonhomme mâchouillait une autre gomme sans mot

213

dire. Raviluc débarrassa la table des bouteilles vides et ouvrit l'étui. Il tira un parchemin bruni, miteux et l'étendit entre son père et lui. Un grand sceau verdâtre occupait le quart gauche du document qui semblait avoir connu le feu et l'eau. Tenant le papier raidi par ses coins supérieur gauche et inférieur droit, Raviluc parcourut le document; pour couvrir les percussions et les cuivres qui se rapprochaient dans la rue, il lut à haute voix pour son père et pour lui le grand papier maculé.

"Victoria, par la Grâce de Dieu, REINE du Royaume-Uni, de la Grande-Bretagne et d'Irlande, Défenseur de la Foi, Etc., Etc.,

À tous ceux à qui les présentes parviendront ou qu'icelles pourront concerner - SALUT:

Attendu que — Joseph D.— de Sainte-Olivine — dans Notre Province de Québec, — cultivateur — est convenu avec Notre Commissaire de Nos Terres Publiques, dûment autorisé par Nous à cet effet de faire, pour et en considération de la somme de — quatre piastres et trente centins — argent ayant cours dans Notre dite Province, l'acquisition absolue des terres et propriétés ci-après mentionnés et décrites, dont Nous sommes saisis par droit de Souveraineté:

À CES CAUSES, SACHEZ qu'en considération de la dite somme de — quatre piastres et trente centins — que le dit-Joseph D... — a dûment payée à Notre dit Commissaire de Nos Terres Publiques, pour Notre usage, ayant (*illisible*) de Nos présentes Lettres-Patentes. Nous avons octroyé, vendu, aliéné, transporté et assuré, et par les présentes octroyons, vendons, aliénons, (*illisible*) et assurons au dit — Joseph

D... ses-hoirs et ayant-cause, à toujours, tout ce
— morceau de terre sis et situé — dans la (*illisible*) Seigneurie de Sainte-Olivine — dans le
comté de — Gaspé — dans Notre dite Province
de Québec, contenant, d'après arpentage, —
vingt et un acres et demi — plus ou moins, avec
la réserve ordinaire pour les chemins publics,
lequel morceau-de terre peut-être autrement
décrit-comme suit, savoir:

La moitié Est du lot numéro 21B de Sainte-Olivine de la dite Seigneurie de Sainte-Olivine.

Pour par Notre dit Commissaire-ses-hoirs et
ayants-cause, tenir et posséder le-dit-morceau-de
terre octroyé par Nous comme sus dit et en jouir
à (*papier déchiré*) en franc et commun soccage,
en pleine propriété de la même manière que
sont possédées les terres en franc et commun
soccage dans cette partie de la (*papier déchiré*)
appelée Angleterre. Cet octroi étant dans tous
les cas, sujet aux lois et règlements concernant
les terres publiques, les bois et les forêts, les
mines et les pêcheries, dans (*papier déchiré*)
Province.

EN FOI DE QUOI, Nous avons fait rendre
Nos présentes Lettres-Patentes et fait apposer le
Grand Sceau de Notre dite Province de Québec.

Témoins, Notre très-Fidèle et Bien Aimé
l'(*illisible*) Adolphe Chapleau Membre de Notre
Conseil Privé pour le Canada, Lieutenant-Gouverneur de Notre dite Province de Québec.

(*effacé*) en Notre Cité de Québec, ce —
23ème— jour de— Septembre— dans l'année
de Notre Seigneur mil huit cent quatre-vingt-treize et de (*effacé*) Règne (*effacé*)"

Raviluc se redressa et reprit son souffle. Il était dégrisé tout à fait. Au contraire, le Bonhomme avait profité de la lecture pour s'enfoncer davantage dans l'alcool et l'anéantissement. Il avait peine à garder sa tête droite et ses yeux ouverts. La bouche molle, les commissures baveuses, la camisole trempée sur son ventre de bière, il perdait l'équilibre à tout instant et risquait de piquer du nez au plancher. Et puis cette idée fixe de la gomme laxative qu'il retenait difficilement dans sa bouche maintenant...

- Joseph D... c'était bien le nom du père de Aexande D., le nom de ton grand-père hein papa? tenta de savoir Raviluc.

- MAN-GE DE LA MAR-DE... câlisse... astheure que tu le sais... que c'est moé qui les ai... les crisses de papiers de la câlisse de terre... es-tu plus avancé hein... ça donne quoi... un titre de pro-prié-té, jusse ça... pis après... MAN-GEZ TOUTE DE LA MAR-DE! articula difficilement le Bonhomme, transporté par les vapeurs alcooliques.

À présent, le tumulte de la rue dominait presque ses propos. Les chars allégoriques devaient apparaître au sud tant les sirènes, les trépignements et les chants s'intensifiaient. Le Bonhomme, comme dans un film au ralenti, tourna deux bouteilles contre lui et simultanément les vida dans sa gorge. Mais la bouche trop molle ne contint pas le flot de bière qui fut projetée en l'air quand le Bonhomme s'étouffa net; il avait l'écume sur tout le visage et la folie du monde dans son regard animal.

- Vont-i' arrêter les câlisses, tonitrua-t-il vers la fenêtre, vont-i' arrêter de fêter les bêtes à laine pis la pauvreté pis la terre des Canayens français... aïe le bal des Canayens, saint-crème... pouvez-vous me dire ce qu'i' ont fait' pour avoir leur cérémonie c'te race-là... je sais pas ce qu'i' vous en disent dans les grosses écoles, mais moé je sais jusse ce que je vois, pis je vois rien pour se pitcher en l'air trois jours de file en se tenant par le petit doigt, en lichant des inconnus pis en applaudissant des discours de 1930, maudit bordel...

    - Mais qu'est-ce qu'il t'a fait le monde pour que tu tapes dessus comme ça? Tu mets plus les mains à la terre, mais tu continues de marcher dessus...

    - ... des traîne-savates qui jubilent en public, ça m'écoeure, fête pas fête... où qui sont les bras pour bûcher, les bras pour pêcher, les bras pour harser, où y est le coeur pour se l'arracher à besogner?... pis une tête pour chanter à tue-tête la gloire des tit culs vaillants durs pour leur corps... ça se peut-tu que je déparle saint-crème de saint-crème?... arrêtez ça, ces musiques-là, gang d'hostifies, allez vous coucher gang de caves... glorifiez donc pas cette terre-là misère-du-yâb... ah! ah! ah! c'est jusse de la roche savez-vous ça en bas... une parade sur le tuf du pays ah! ah! ah!... qu'est-ce que la terre a donné pour mériter une grosse cérémonie de même?... qu'est-ce qui peut sortir du peuple d'assez beau pour se péter les bretelles devant les kodak du fédéral... arrêtez ça race de peureux... arrêtez vos fanfaronnades à crédit, gang de culs trempes!

    Il se crevait à tue-tête le Bonhomme; le regard blanc du hibou et la mâchoire carrée du boeuf, il cogna de toutes ses forces dans le mur proche. Il limait ses dents les unes contre les autres et salivait sur ses avant-bras. L'énergie des corps de clairons et des fanfares sulvoltées assourdissaient Raviluc dans le vivoir.

    Tambours, trompettes, grosses caisses, xylophones en harmonie militaire ou de comédie musicale arrivaient sous les fenêtres du 3402, Saint-Denis.

Adossé dans une encoignure, le Bonhomme laissait l'urine mouiller sa culotte et descendre le long de sa patte d'acier jusque sur son pied en fibre de verre. Comme une bête hagarde, le gros homme bascula une chaise et longea le mur. Il avait souffrance et mérite à tenir sa bedaine de houblon en équilibre sur ses jambes dépareillées. Il oscilla d'avant en arrière, d'arrière en avant de longues secondes près de la table avant de saisir le vieux papier raidi... D'instinct, Raviluc se mit debout aussi.

Le Bonhomme s'avança dans le couloir, rebondissant d'un mur à l'autre pour ne pas choir au tapis; le fils modula ses pas à ceux du père. La clameur de la rue les assourdissait. Les deux hommes parvinrent sur le balcon en même temps. Ici, le tonnerre grondait jusque dans le fer forgé de la balustrade. Des rectangles d'uniformes cordés comme des cadets s'époumonaient dans des cuivres scintillants. La foule multicolore et mouvante s'était approprié les trottoirs, escaliers et balcons. Des grappes d'adolescents testaient la patience du service d'ordre. En faisceaux bleus, oranges ou verts, des jeunes filles réchauffaient cors, trombones et trompettes avec des airs folkloriques et des marches classiques; derrière les colonnes de costumes somptueux, des figurants gambadaient sur l'asphalte à la cadence des grosses caisses. Les spectateurs éclataient en exclamations de joie et sifflets tant l'humeur de la fête répondait à son trop-plein de fierté ou de frustration.

Le Bonhomme s'agrippa au garde-corps et regarda autour, en bas, ces milliers de gens qui s'animaient en rêve. La brunante était assez avancée pour que les réverbères veillent. L'été avait mis ce parfum humide dans l'atmosphère, ce fumet de ville, ces odeurs de restaurants, d'essence et de goudron chaud. Raviluc prit le bras de son père de crainte que celui-ci ne bascule dans le vide. Mais le Bonhomme, excité par un tel vacarme et une telle mouvance criarde devant sa maison, se libéra d'un geste violent, et se mit à crier:

- Arrêtez vos sparages, gang de morveux... gang de peureux de vous-mêmes... moé icitte j'ai pas peur... arrêtez ça... regardez... j'ai peur de parsonne, tabarnaque de bordel à clous, J'AI PEUR DE PARSONNE!

Mais dans la rue, les fanfares à la queue leu leu continuèrent de forcer la note et d'enfler la tempête musicale. La foule agitait fanions et drapeaux. Ça et là, des chants montèrent qui reconnaissaient les ancêtres et les traditions, qui appelaient l'espoir d'un pays neuf, qui poétisaient la terre. Sur le balcon du 3402, Raviluc et son père tombaient des nues dans cet enfer du défoulement populaire.

- Je vous ai élevés... je vous ai nourris... je vous ai bûché une terre, un morceau de pays, du solide sous vos pieds de lambineux... je vous ai donné une de mes jambes, maudite gang d'étrangers pis de boiteux entre les oreilles!

- Attention papa, laisse-les fêter tranquille! Rentrons... ils sont trop nombreux, ils sont trop jeunes, ils sont trop différents... ils ne sont plus du temps que tu t'échinais contre la nature... le temps a passé... faut faire d'autres ouvrages... pas refaire les mêmes travaux, pas marcher dans les mêmes traces de pas... ils t'entendent pas... c'est à moi que tu dois parler... c'est à moi que tu dois crier, pas à d'autres... c'est où tu regardes pas qu'on est tout le temps... maudite misère!

- Vous voulez la fêter ma terre hein gang de morveux de ville, de flatte bedaine après trente heures d'ouvrage dans l'air climatisé... courailleurs de congé à chaque rhume de cerveau... gang de feluettes... petites natures de mes fesses... troupeau de parasites va-nu-pieds... j'ai peur de parsonne entendez-vous, J'AI PEUR DE PARSONNE!

Quand Ferdinand D. réalisa que le Bonhomme n'existait pas pour les gens de la rue, il émit une plainte désespérée, comme un interminable bramement d'orignal traqué, affolé, perdu.

Majorettes et pompiers toujours aussi droits, aussi muets, sur les lignes blanches. Continuant de pousser son long appel guttural, le Bonhomme défit lentement sa ceinture et laissa tomber son pantalon. Mille bravos montèrent pour fêter la jeunesse de la foule en délire. Maintenant accroupi sur le balcon, au deuxième étage, le Bonhomme serra les dents et força de tout son égarement. Le défilé des chars avança de cinq cents pieds devant la masse hurlante gonflant les encorbellements, débordant les trottoirs. Il commandait la contraction de ses muscles intestinaux, le Bonhomme, se lamentant comme une bête folle. Vive l'été de l'enthousiasme pour un pays sous les semelles empruntées depuis des générations, vive l'oubli des boxeurs de mouches noires dans le haut de la carte, vive la matière première des nouveaux sociologues, vive le lit communautaire pour accoucher à la maison d'enfants uniques, vive la terre noire de la misère noire du bois brûlé...

"Aaaaah!" forçait encore Ferdinand D. entre ciel et terre. Des rires et des mélodies du diable roulaient à ras le macadam. "Aaaaah!". Enfin, au bout des efforts, le Bonhomme déféqua cordialement sur le balcon en redoublant ses lamentations au vide. Rendu fou par le coeur dur de la masse en liesse, il répandit proprement sa merde sur la plate-forme de fer, sur son pantalon, sur ses bottines...

Hystérique et geignant tel un enfant abandonné, le Bonhomme recouvra les papiers de sa terre. Au sol, les réjouissances en menaient toujours aussi large. Pour en finir avec une face de sa vie, le regard cherchant Raviluc, Ferdinand D... ricana dans les étoiles et très consciencieusement se torcha le cul du parchemin, du certificat de naissance de la terre familiale. Un homme forgé dans le fer se rouillait l'âme pour la perdre couche par couche. Nulle invocation de sacrilège ne s'éleva du peuple heureux de son propre spectacle. Nulle tendresse pour les âmes du purgatoire. Le Bonhomme s'offrit la chaleur des larmes autour de la bouche et pour clore sa messe purificatoire sur le bûcher aérien, jeta dans un geste large comme la mer le papier souillé de ses tripes sur la tête des étrangers à son sort...

40.

Quand on habite le plateau de Pointe-au-Père et qu'on installe deux chaises face au fleuve un dimanche d'été comme celui-ci, le regard peut filer sans peine la ligne qui marie le ciel à la mer. Sur le perron de leur maison mobile, Prunelle et Raviluc jouissaient du tableau. Des voiles blanches traversaient continuellement leurs yeux.

- J'ai fini de lire l'Histoire de la Gaspésie, fit Prunelle.

- Ah!... et puis?

- Ma curiosité est satisfaite pour le moment... une petite grande histoire que celle-là... l'histoire d'une région, c'est déroutant: aucune extravagance royale, ni date en chiffres d'or, seulement le temps patient des métiers ordinaires, la quête de subsistance, de mieux-être et de paix...

- Et que retiens-tu... ?

- Que la nature a été l'ennemie à battre pour les Gaspésiens, ça les a maintenu solidaires pendant des siècles: solidaires contre l'hiver, la forêt, la mer, la terre, la fatalité... une âpre lutte pour la survivance... un Gaspésien, c'est le mélange de l'Amérindien déses-péré, de l'Européen curieux, de l'Acadien courageux et de l'Irlandais tenace... il me semble le voir au fil des siè-cles se tricoter un caractère dans ces paysages de bouleaux blancs, de savoyane, d'épinettes et de qua-tre-temps, dans les saisons courtes, dans ces côtes escarpées au nord, et puis ces falaises grenat au sud, dans ces paysages de canards, de goélands, de mar-gaulx, de fauvettes... D'une certaine façon, le Gaspésien a toujours eu les pieds dans la terre, les mains dans l'eau et la tête dans le bois...

- Qu'est-ce que les femmes pis les hommes d'as-theure essayent de donner à leur coin de pays... je pense à Marie-Rosita, au curé Croft... ils regardent plus en avant qu'en arrière, tu trouves pas?

- Dans le fond, sous les apparences, y a des choses qui demeurent: Marie-Rosita est fonceuse et maîtresse de ses moyens comme les bûcherons d'an-tan, comme ses aïeules... les défis pis les outils ont changé... m'écoutes-tu toi?

- Oh! oui oui, bafouilla Raviluc, mais pour quelques instants, j'ai revu mon père, son amertume accumulée, sa révolte contre les rappels de sa vie à Sainte-Olivine, contre la terre qui est une nature morte pour lui, sa fureur quand on évoque ce qu'il a souffert, gagné, perdu... sa colère quand il nous sent consacrer

ce que nous ignorerions... il repose ses épaules meur-
tries par toutes ces saisons d'ouvrage... repos désabusé, mais repos... et puis il ne demande plus rien à
personne, il a fait sa part pour garder les chemins
ouverts dans les tempêtes, comme on dit... à d'autres
de tirer sur les baculs et de plonger dans les colliers!

- ... ton père et toi... au mois de juin..., murmura
Prunelle en serrant le bras de son ami.

- ... il m'en a dit plus en vingt-quatre heures
qu'en vingt-quatre ans... et moi aussi tant qu'à ça; je
vais passer le voir de temps à autre pour finir le
ménage; on en a pour des mois, des années, à vider
nos sacs en essayant de pas se fendre le coeur ni
dépasser sa tête... et puis, il y a la terre aussi...
j'aimerais pas qu'il meure avec elle dans la gorge...
entre temps, ça me déplaît pas qu'Yves-René l'occupe,
la terre, avec ses élevages de pigeons!

- T'as les yeux en points d'interrogation!

- Je me questionne plus que je me réponds... ça
viendra bien... faut bien trouver le lac avant de pêcher...
j'imagine...

Ils s'enlacèrent, entrèrent dans leur maison. Sur le
fleuve, les voiliers continuèrent quand même d'aller et
de venir.

Le soir, Dabeth fait la lecture au Bonhomme. À
voix haute, elle lit à son homme les aventures de Guy
Verchères, d'Albert Brien, de IXE-13 et du Domino noir.
Une lumière rose sous la porte de la chambrette et le
débit extraordinairement régulier de la lectrice ras-
surent Raviluc, couché dans la chambre des garçons.
Autrement, il glisserait d'inquiétude dans cet univers
sans confin de la nuit quand elle fait taire ses frères de
sommeil. Le soir, sa mère lit - à qui veut l'entendre -

avec un plaisir que révèlent sa respiration, sa voix, ses pauses. Ils ont trouvé quelques prénoms pour leurs enfants dans ces histoires de Pierre Saurel. De temps à autre, le Bonhomme s'étonne des liens entre deux phénomènes, il s'indigne des gestes mauvais de noirs personnages et se félicite des vengeances qu'exerce le héros manifeste. Le soir, sa mère lit à haute voix des petits livres de mystères.

Y a-t-il place pour deux héros dans le même pays? Qui du malheur ou du bonheur a existé avant l'autre? Mon corps me suivra-t-il toujours? C'est où ici? Et pourquoi ces questions - plutôt que d'autres - me viennent-elles à l'esprit? se demande Raviluc-qui-a-huit-ans durant le soupir de sa mère entre deux chapîtres. Et de se demander surtout: Je fais partie de quelle histoire moi, de quelle histoire?

Les invités se pressaient autour d'une carafe de limonade. Sapins jaunes, soleil bleu, bateaux verts, maisons rondes et grands oiseaux couvraient les murs du vivoir. Dans la pièce tapissée de leurs dessins, les enfants de Pointe-au-Père jouaient avec Prunelle et leur exubérance enchantait Raviluc-le-clown. On pendait la crémaillère dans la maison mobile.

Les fillettes et les garçonnets allaient d'un chef-d'oeuvre à l'autre, s'exclamant joyeusement, se bous-culant. L'aînée de la voisine jouait de la flûte près de la fenêtre sans pouvoir couvrir les cris de la bande autour du clown. Celui-ci dansait maintenant au centre du vivoir. Son ample combinaison jaune avec un grand coeur vert à la place du coeur, faisaient rire les enfants quand il mimait l'envol des mouettes et des avions...

Ils avaient désiré inaugurer leur maison en

présence d'enfants... Les avaient empruntés aux voisins. Ils étaient bien entourés.

- Pis la surprise, c'est pour quand? s'impatienta un petit rouquin, au milieu de la fête.

- Une promesse est une promesse! lança Raviluc, solennel.

Il mit un manteau car octobre avait froid. Pour aller dans la remise, il dut contourner le carré de terre retournée de leur futur potager. Il vint rejoindre les enfants, une boîte recouverte d'une toile noire à bout de bras. Les invités firent cercle autour de la table sur laquelle se posa le fardeau. Le petit rouquin, curieux et décidé, s'approcha et souleva la toile. Dans la cage, les pigeons sautaient d'un barreau à l'autre. Les deux oiseaux roucoulaient à qui mieux-mieux ouvrant leur bec grêle et agitant leurs courtes ailes.

- Ce sont des pigeons voyageurs! annonça Prunelle aux enfants.

- ... qui viennent de Sainte-Olivine, un village très loin d'ici!, précisa Raviluc.

Leurs yeux s'arrondirent et lancèrent des éclairs. La bande lâcha des oh!, des ah! et des soupirs d'envie. Raviluc ôta son faux nez de clown. Le petit rouquin engagea ses doigts entre les barreaux de la cage pour caresser les falles aux mille reflets. Ils gloussaient, la surprise leur plaisait, ils regardaient les pigeons avec des yeux de soleil, ils étaient séduits, légers.

- Vont-i' se sauver si j'ouvre la cage? s'inquiéta une fillette aux yeux mauves.

- Ah! mais ce sont des pigeons voyageurs, fit Raviluc, d'où qu'on les libère, ils reviennent à leur point de départ, c'est comme ça!

- Si on les libère maintenant, demanda gravement le rouquin frondeur, vont-ils voler vers Sainte-Olivine ou bien chercher à revenir ici?

   - ...

   - C'est où chez eux? insista le rouquin.

   - ... venez voir les enfants, s'exclama Prunelle, il neige!

Ils s'agglutinèrent autour de la fenêtre: une averse de ouate traversait le ciel. Ils s'émerveillèrent du spectacle. La première neige, le premier geste d'un nouvel hiver. Au même moment, Prunelle mit de la musique, Raviluc ouvrit la porte.

Déjà, la terre était blanche, et pourtant blanchissait encore la terre...

F I N

REMERCIEMENTS

L'ouvrage "Histoire de la Gaspésie" auquel il est fait référence est l'oeuvre de Jules Bélanger, Marc Desjardins, Yves Frenette avec la collaboration de Pierre Dansereau; il a été publié en 1981 par Boréal Express et l'Institut québécois de recherche sur la culture dans la collection Les régions du Québec. Il est le fruit d'un projet conjoint de la Société historique de la Gaspésie et de l'IQRC. Que tous soient remerciés.

DERNIERS OUVRAGES PARUS CHEZ ÉDITEQ

SENTENCES SUSPENDUES, Jean-Marc Cormier, journal d'un album de chansons et disque-compact de chansons interprétées par ANECDOTE

LE TEMPS DE NAÎTRE, Lucien Cimon, poésie. Avec trois dessins de Paul-Émile Saulnier.

DES VENTS DANS LA TÊTE, Gervais Pomerleau, récit. Prix littéraire des Associés 1995

DÉLIT DE FUITE, Lisette Poulin, poésie.

LÀ OU LES EAUX S'AMUSENT, Madeleine Gagnon, poésie. Avec des dessins de Colette Rousseau.

PHASE BLEUE, Marie-Andrée Massicotte, poésie.

LA LAMPE ET LA MESURE, Mgr Gilles Ouellet et Jean-Marc Cormier. Entretiens. En collaboration avec Radio-Canada Rimouski.

TOUCHEZ DU BOIS, cassette de chansons pour jeunes. Paroles de Gilbert Dupuis. Musiques de Serge Arsenault. Interprétation de JOJO.

VISITE AU GÉANT-DES-BOIS, Gilbert Dupuis, conte pour enfants. Illustrations de Hélène Couture.

Achevé d'imprimer
en octobre 1995
sur les presses de
Impressions des Associés inc.
à Rimouski